Au café des gens heureux

Patricia Gracie

Aux Café des gens heureux

R
O
M
A
N
S

PG COM
EDITIONS

Au café des gens heureux
© PGCOM Editions 2018
Tous droits réservés
http://www.pgcomeditions.com/
ISBN : 978-2-917822-59-3

1- Masques

Sous l'épais manteau de neige, la terre gelée pâlit.

- Salut Alex, assieds-toi je t'en prie, dit Christian, un peu gêné, avachi dans son fauteuil en cuir noir, étriqué dans son blazer noir lui aussi.

Il fit un quart de tour sur lui-même, le cuir crissa dans le mouvement. Christian revint face à Alex qui le regardait, étonné d'être assis là de si beau matin. La femme de ménage finissait tout juste de vider la poubelle de papier, Christian ne la remarqua pas. Il croisa les mains qui prirent appui sur le bureau bien ordonné. Il referma machinalement un tiroir qui retenait l'odeur de cire d'abeille dans ses rainures. Ce geste sec brisa le silence mal installé. Les manches de sa chemise bleu ciel dépassaient à présent du blazer. Il se racla la gorge avant de commencer un long discours.

- Alex, si je t'ai fait venir ce matin, c'est pour te parler de l'entreprise, mais aussi de toi.

- C'est-à-dire ? le coupa Alex.

- S'il te plaît, laisse-moi parler, c'est déjà assez difficile comme ça...

- Bien, je t'écoute.

Christian toussota dans son poing fermé avant de reprendre.

- Comme tu le sais, la structure va mal depuis plusieurs mois. Nous avons évoqué les chiffres lors de notre dernière réunion. Nous sommes vraiment très mal, dit-il en grimaçant. Nous avons perdu plusieurs milliers d'euros ces douze derniers mois, poursuit-il prenant un air attristé. Nous pensions que nous remonterions, mais c'est tout le contraire qui s'est produit, ajouta-t-il navré. Il va sans doute y avoir une restructuration avec l'agence du Limousin... Nous ne savons pas encore. Aujourd'hui, nous avons décidé, les membres de la direction et moi-même...

- Mais je fais partie de la direction non que je sache ? Coupa Alex stupéfait et agacé par les mimiques incessantes de Christian.

- ... Oui, c'est vrai. Enfin c'était vrai jusqu'à ce que nous décidions de supprimer le poste de directeur adjoint et que, et c'est là où je voulais en venir .... Il marqua un temps d'arrêt puis reprit sur un ton mielleux.

- Peut-être que le temps est venu pour toi de faire autre chose... Nous avons constaté ces derniers mois, un manque d'implication de ta part au sein de l'agence.

- Un manque d'implication ? s'indigna Alex.

- Oui, tu sembles souvent ailleurs, comme absent, tu ne t'investis plus comme avant, voilà ! Sa tête dodelinait et ses mains qui chassaient l'air retombèrent lourdement sur le bureau.

- Comme avant quoi ?

À présent, Christian semblait irrité par les questions d'Alex.

- Avant ! Lorsque tu es arrivé dans l'entreprise, lorsque tu te battais avec nous, que tu t'intéressais à ce que l'on faisait ! Lorsque tu allais sur des salons avec nous. Aujourd'hui, ce n'est plus ça du tout. Crois-moi Alex, j'ai essayé de défendre ta peau, j'ai tout fait, mais les faits sont là. Joris a raison, nous t'offrons une seconde chance aujourd'hui en nous séparant de toi ! Tu es encore jeune, tu vas pouvoir rebondir ! conclut-il en étalant un sourire fourbe.

- Jeune ? Tu te fous de moi ? J'ai cinquante-deux ans. Tu sais ce que ça vaut un homme de cinquante-deux ans sur le marché de l'emploi aujourd'hui ? Tu ne peux pas me faire ça ! Nous sommes amis n'est-ce pas ?

- Bien sûr Alex, cela ne change absolument rien à notre amitié ! Tu seras toujours le bienvenu à la maison avec Catherine et les enfants ! Évidemment ! affirma-t-il en haussant les épaules.

Alex se revoyait avec Catherine chez Christian et son épouse Sandrine. Des amis, c'étaient pourtant des amis. Tout au moins il l'avait cru.

- Si Christian, je pense que ça change beaucoup de choses justement. Je suis viré à compter de quelle date ?

- Ne le prends pas comme ça je t'en prie, je te l'ai dit, c'est suffisamment difficile comme ça, hein !

- Difficile pour qui ? Pour vous ou pour moi ? Pour qui est-ce le plus difficile, hein, dis-moi ?

- S'il te plaît, ne complique pas les choses !

- Compliquer les choses ? Ben voyons ! Tu m'annonces que je suis viré et tu voudrais que je te saute au cou ?

- Tu n'es pas viré ! Nous t'offrons de quoi te retourner, tu pars avec de belles indemnités, crois-moi je me suis battu !

-Ah ! Donc, je devrais te remercier ?

À présent, Christian pointait son index droit en l'air et prenait un ton menaçant.

- Écoute, j'ai ici une note rédigée sur toi et avec ça, je peux te licencier pour faute !

- Quelle note ?

Christian saisit une feuille de papier A4 et la tendit à Alex.

- Qui a écrit de tels mensonges sur moi, sur mon travail ? Qui ? Je veux savoir !

- Peu importe, nous avons la preuve que tu ne fais plus rien ici.

- Mais c'est faux, totalement faux ! Et tu le sais très bien. Tout ceci n'est qu'une excuse pour me virer, c'est de la pure diffamation !

La note disait :

Il ne comprend rien à ce que nous faisons. Il semble complètement largué. Est tout juste bon à faire de l'administratif (et encore ?) Il ne transmet pas les messages (à vérifier), bâcle les dossiers… La note était inachevée.

- Rassure-toi, je ne m'en servirai pas contre toi. J'ai obtenu de l'ensemble de l'équipe de direction que tu puisses partir la tête haute, nous te licencierons pour raison économique. Tu peux passer à la compta, tes papiers et ton chèque sont prêts.

Alex n'entendait plus rien. Il fixait les mains épaisses et calleuses de son ex-directeur et ami et remarqua ses ongles rongés qui laissaient apparaître une peau rougie et gonflée au bout des doigts. Certains détails lui revenaient à présent en pleine figure au moment où ses yeux s'attardaient sur la manucure négligée de son patron. Certes, il le voyait venir le fameux Joris. Mais il ne se doutait pas que Christian lui planterait un coup de couteau dans le dos. À peine arrivé dans la boîte, Joris, âgé de trente-deux ans, voulait déjà la place d'Alex. Il avait gravi les échelons en deux temps trois mouvements. Ce grand brun voulait tout révolutionner, et toutes ses idées semblaient lumineuses aux yeux de Christian qui buvait ses paroles. Peu à peu, Alex avait été écarté du reste de l'équipe. Des réunions qui s'organisaient en son absence, des informations qui ne

11

lui étaient pas transmises, les dossiers importants qui lui étaient peu à peu retirés. Au début, il pensait qu'il devenait paranoïaque, qu'il se faisait des idées. Maintenant, il savait, tout s'éclairait. Il eut alors la sensation qu'un complot s'était organisé contre lui. Il se sentait trahi, abusé, maltraité. Il quitta le bureau de Christian, désabusé et littéralement sonné. Tel un automate, il traversa le long couloir sombre qui le séparait de son bureau. Alex travaillait dans cette agence de publicité depuis vingt-trois années. Il fallait faire des chiffres, toujours plus, trouver des slogans qui claquent ; toujours plus aussi. Il ne fallait jamais compter ses heures, il ne fallait jamais se plaindre.

Il pensa soudain à sa femme Catherine et à leurs deux enfants Clément et Camille qui n'étaient déjà plus des enfants. Alex les voyait peu, entre leurs études, les sorties et les soirées chez les copains. Ils avaient des préoccupations de leur âge. Il se demandait cependant comment il allait leur annoncer qu'il n'avait plus de travail, qu'il était chômeur à compter d'aujourd'hui. Non, ils ne devaient pas savoir, c'était impossible. Il ne pouvait pas les priver des vacances réservées pour l'été prochain, dans la villa qu'ils louaient à Juan les Pins.

Il ne pouvait pas annoncer à Catherine qu'elle devrait renoncer à sa vie confortable de femme au foyer, à ses journées shopping dans les boutiques de luxe, à son coiffeur hebdomadaire, à ses soins à l'Institut de beauté. Et le lycée privé, comment feraient-ils pour le payer désormais ?

Il trouva un carton dans son bureau et y glissa quelques effets personnels. Il laissa les dossiers en cours sur son bureau. Tout y était bien rangé, les stores descendus, comme si son départ était prémédité. Son bureau ressemblait à présent à une chambre vide, au mieux à un débarras où l'on entasserait plus tard les archives de la structure. Il décolla ses nom et fonction plastifiés sur la porte, gratta les restes de scotch qui s'accrochaient comme des ventouses, jeta un dernier coup d'œil circulaire dans cet endroit pourtant familier et referma la porte, fraîchement immaculée, sans faire de bruit.

Il se rendit au service comptabilité. Michèle, la comptable, était remontée comme une pendule. Elle n'appréciait pas Joris et la situation d'Alex la révoltait. Joris était toujours désagréable avec elle comme avec les autres collègues. Il était très prétentieux et méprisant. Alors qu'Alex avait toujours un mot gentil pour Michèle et était apprécié de tous. Au fond, tout le monde se doutait que Joris avait Alex dans le nez, ne l'avait-il pas déjà humilié à plusieurs reprises ? Mais tout le monde se taisait.

- Toujours en train de se plaindre qu'il est débordé le Joris ! dit-elle tout haut. Il dit qu'il n'a pas le temps de remplir les papiers administratifs nécessaires à ses remboursements. Mais moi, j'en ai besoin tu comprends ! Ah pour réclamer ses tickets restaurant ou ses récup', là il a le temps ! Quelle honte ! Il est incompétent et imbu de sa personne ! Mais enfin, quel connard ! Ne t'inquiète pas Alex, ça ne lui portera pas bonheur ce qu'il te fait, crois-moi ! La roue tournera, tu verras !

- En attendant, répondit Alex, il a réussi ce qu'il voulait…

- Ça changera Alex, j'en suis certaine ! Et puis, il est bête à manger du foin, alors il pourrait bien se retrouver dans le Limousin !

Et ils éclatèrent de rire.

Elle allait lui manquer, il s'en rendit compte à cet instant. Elle et les autres également. Celles et ceux qui partageaient ses matins depuis toutes ces années et à qui il livrait parfois quelques instants de sa vie personnelle, des photos de vacances, des souvenirs heureux. Ils s'échangeaient depuis tant d'années leurs anecdotes et chacun voyait grandir les enfants de l'autre sans se sentir vieillir. Celles et ceux avec qui il trinquait à l'occasion d'un départ à la retraite, d'un changement d'horizon.

Mais son départ était imposé, le champagne ne coulerait pas. La sortie d'Alex s'était ainsi faite par la porte de derrière, à l'abri des regards et des questionnements, sans artifice, sans remerciements.

Sa sortie devait se faire en douce pour éviter le scandale. Alors, on avait tu les rumeurs, on avait tu les aboiements. On avait remonté la chaîne sans se salir les mains, en essuyant le cambouis d'un bout de papier aux zéros mal alignés.

On lui avait évité un discours pompeux, dégoulinant de qualités outrancières et des visages faussement ravis et il en fut presque reconnaissant avec le recul, avec le recul seulement.

13

Catherine entendit le bruit des pneus qui glissaient sur les gravillons de l'allée. Elle était loin de s'imaginer à ce moment précis que sa vie allait bientôt changer. Le visage sévère, les traits tirés, Alex rentra chez lui. Sa femme, comme à son habitude, feuilletait un magazine de décoration intérieure sur le canapé en cuir blanc. Elle ne remarqua pas la mine déconfite d'Alex, trop absorbée par la nouvelle décoration qu'elle souhaitait apporter à son salon. Lorsqu'enfin elle leva les yeux sur Alex, elle lui fit remarquer qu'il avait une sale mine et en conclut qu'il avait trop travaillé.

- Veux-tu un verre mon chéri ? lui demanda-t-elle avec un air détaché.

Il regarda sa femme ce soir comme une étrangère. Pourtant, depuis vingt-cinq années il partageait sa vie avec cette femme aux lèvres peintes en rouge, assise confortablement dans son canapé de cuir blanc. Alex et Catherine s'étaient connus à la Faculté de Droit. Il était en troisième année et elle en première. Il l'avait remarquée un jour où elle révisait ses cours, assise sur des marches. Il était passé devant elle en lâchant « tu vas te faire mal au dos si tu travailles comme ça ! » Elle avait levé la tête, lui avait souri et il avait poursuivi sa route.

Quelques jours plus tard, il la revit assise à la cafétéria, des livres étalés partout sur la table, un stylo-feutre dans une main, un crayon à papier dans l'autre et les yeux rivés sur des textes de loi qui n'en finissaient pas de se définir, d'énumérer, de renvoyer à d'autres textes qu'elle notait scrupuleusement, méthodiquement.

Il s'approcha d'elle et dit :

- Ah c'est quand même mieux qu'une marche, non ?
- Bonjour, répondit-elle.
- Je peux ? dit-il en tirant une chaise pour s'asseoir en face d'elle.
- Oui oui.

Catherine avait été impressionnée par ce garçon à forte personnalité. Il avait quelque chose de rassurant dans sa manière de parler. Grand et mince, le teint mat, les cheveux noirs mi-longs, il était très séduisant et plaisait beaucoup aux filles. Son père était avocat à la cour, mais Alex ne suivrait pas le même chemin que son père.

Ils se revirent le lendemain puis les jours suivants. Il l'invitait régulièrement à sortir de ses livres pour aller au cinéma ou à des

14

concerts et elle se demandait comment ce brillant garçon faisait pour réussir en s'amusant autant. Il l'invitait, elle déclinait. « Trop de boulot » disait-elle. Il comprenait, parfois il insistait, prétextant que c'était pour son bien, qu'il fallait qu'elle s'évade un peu pour mieux revenir à ses bouquins, et elle acceptait. Elle regardait ses livres posés sur le bureau, et disait je reprendrai plus tard. Elle s'entravait dans des classeurs qui traînaient sur le sol, cherchait ce qu'elle allait bien pouvoir se mettre, attrapait un pull, le jeter en disant « trop vert » ou « trop rouge », ou « pas assez sexy » et troquait alors ses pulls de couleur pour un petit haut noir en lycra, décolleté, qu'elle aimait bien associer à un jean bleu clair.

Vers le courant du mois de mars, les cours l'ennuyaient de plus en plus et elle décida alors d'arrêter le droit. Elle voulait faire Histoire de l'Art. Alex culpabilisa, croyant qu'il l'avait empêchée de travailler. Il tenta de la raisonner, mais il comprit qu'elle avait fait son choix et qu'il n'y était finalement pour rien.

Ce n'est que cette année-là que leur histoire commença vraiment, jusque-là, ils n'avaient été que de simples amis.

Très vite, Catherine tomba enceinte et très vite, ils se marièrent.

Elle interrompit ses études, lui poursuivit les siennes et par le plus grand des hasards se retrouva dans une agence de pub.

Catherine éleva leurs deux enfants et Alex ne voyait aucun inconvénient à ce qu'elle reste à la maison, après tout, il gagnait suffisamment d'argent pour faire vivre sa petite famille.

Aujourd'hui, vingt-trois années s'envolaient en fumée. Ce soir, il comprit que ce ne serait pas possible d'annoncer à Catherine qu'il venait de perdre son emploi, qu'il venait d'être licencié. Elle ne comprendrait pas, elle ne le regarderait plus de la même façon. Le décor de son salon lui sembla tout à coup bien trop pâle, tout était si blanc, impeccable, que cette perfection lui fit peur. Il se rendit compte que sa maison n'avait pas d'âme. Il eut l'impression d'être chez quelqu'un d'autre, qu'il s'était trompé de maison. Depuis combien de temps faisait-il semblant ? Tout prenait un air hautain, Catherine aussi.

Ils dînèrent sans un mot, chacun à l'extrémité de l'immense table de la salle à manger, chacun absorbé par ses propres préoccupations. L'un consultait son smartphone, l'autre feuilletait son catalogue de décoration. Clément, qui avait dix-sept ans, révisait son bac chez son copain Kévin et Camille qui venait de fêter ses quinze ans dormait ce soir chez sa copine Emma.

Le dîner à peine terminé, Catherine débarrassa la table et remplit le lave-vaisselle.

Alex prétexta une journée éprouvante et monta se coucher. Catherine le suivit. Ce soir, elle avait envie de plaire à son époux. Elle avait compté, elle en était à peu près certaine, elle et Alex n'avaient pas fait l'amour depuis trente-trois jours.

Devant le miroir de la salle de bains, Alex vit ses cheveux grisonnants, ses traits tirés. Il se tapota le visage comme si l'image que renvoyait le miroir n'était pas la sienne.

Il s'appuya contre le lavabo et soupira en regardant tous les petits pots de crème de sa femme qui s'étalaient un peu partout et qui avaient envahi l'espace depuis longtemps.

Crème anti rides pour le jour, crème anti rides pour la nuit, des crèmes amincissantes, des crèmes anti vergetures, des crèmes anti cellulite, des crèmes raffermissantes, des coups d'éclat. Il secoua la tête. Avec ou sans ces crèmes, il ne désirait plus sa femme. Avec ou sans ces crèmes, le temps avait filé tout de même. Elle avait sûrement cru que les crèmes suspendraient le temps qui passe et les désordres qu'il provoque.

Catherine entra dans la salle de bains.

- Ben qu'est-ce que tu fais ? Tu t'admires ? Tu veux essayer une de mes crèmes ?

- Non, merci.

- Je vais faire un brin de toilette.

Et elle lui colla un baiser sur la joue qui signifiait *tu me laisses la place maintenan*t.

Il s'éclipsa et ouvrit son côté du lit, toujours le même depuis vingt-cinq ans. Il lui parut plus froid que d'habitude, glacé même. Il se mit en position foetale et tourna ainsi le dos à sa femme qui se glissa à son tour dans le lit conjugal. Elle avait décidé de séduire son mari avec une nouvelle nuisette satinée noire, achetée l'après-midi même. Elle se rapprocha d'Alex et se frotta contre lui, mais elle ne reçut que son dos pour tout accueil. Elle passa une jambe sur la cuisse gauche de son époux, mais il la repoussa sans se retourner en marmonnant « non pas ce soir, j'ai eu une dure journée. »

- Eh bien ça fait plaisir ! ça fait plus d'un mois qu'on n'a pas fait l'amour !

- Pas ce soir…

- Hum… Quand alors ? Moi j'ai envie !

Et elle refit une tentative qui se révéla être un véritable fiasco.

Vexée, elle éteignit la lumière en ramenant toute la couette sur elle et s'enroula dedans.

Pourquoi le temps emporte-t-il les sentiments amoureux ? Et où les emmène-t-il ? Vers quels horizons ? Où le vent les dépose-t-il ? Catherine s'endormit avec toutes ces questions dans la tête.

2-Funambule

Invisible est le fil sur lequel nous marchons.

Avril laissait échapper une pluie déroutante et le ciel semblait avoir revêtu son manteau de novembre. Sur le trottoir, la pluie faisait des claquettes au rythme des passants. Le va-et-vient des essuie-glaces berçait les silhouettes grises. Le paysage avait des airs d'automne inachevé.

Alex avait roulé toute la journée sans savoir où il allait. Finalement, il gara sa voiture sur un parking, face à la mairie. Après deux heures de marche, il entra dans un café situé à l'angle d'une rue.

Sur la devanture en bois qui devait dater du siècle dernier et sur le store rouge déroulé, mal essoré, était écrit en lettres liées dorées *Le café des gens heureux.* La terrasse était fermée, pour cause de printemps pluvieux qui s'était installé. L'odeur du café fumant et mousseux s'était largement répandue à l'intérieur. Des tables de quatre, toutes en bois, étaient disposées sur deux rangées, encombrées par des chopes vides ou des tasses à moitié pleines. Deux poêles à pétrole chauffaient la salle. Mais c'était surtout la bonne humeur qui réchauffait l'atmosphère.

Au fond de la salle, des banquettes en velours rouge entouraient d'autres tables rectangulaires. Un piano droit, noir laqué, dominait sur l'estrade en bois. Le vendredi soir, des concerts de musique de jazz ou de pop-rock y étaient organisés. Au mur, des photos en noir et blanc, des portraits pour la plupart, attiraient l'œil. On se sentait observé avec une certaine bienveillance par ces inconnus qui avaient servi de modèles.

Le café des gens heureux était un endroit hors du temps, un espace chaleureux, un abri, un jardin fleuri. C'était un endroit qui vous charmait de suite, où vous aviez envie de rester, une invitation aux voyages, une invitation aux souvenirs. Un lieu où les vies passaient pour y laisser quelques traces, pour y déposer quelques touches de couleurs. Alex commanda un demi. Il était à peine seize heures et il avait encore trois heures à tuer avant de rentrer chez lui comme avant. Alex continuait à faire semblant, à donner le change. Il enfilait les mêmes costumes le matin, faisait les mêmes gestes, sur le même rythme. Il se levait et filait sous la douche puis avalait son café et ses tartines en écoutant les nouvelles à la radio, embrassait sa femme du bout des lèvres en lui disant à ce soir. Puis, il desserrait sa cravate dans la voiture quelques minutes plus tard pour finalement la retirer tout à fait et la remettait le soir avant de rentrer chez lui.

Le café était rempli d'habitués qui avaient l'air tellement heureux d'être là. Alex entendait des rires, l'ambiance était plutôt sympathique. Le patron, qui s'appelait Jacques, mais que tout le monde ici appelait Jacky, remarqua qu'Alex était un nouveau client et commença à le questionner.

- On ne vous a jamais vu ici. Vous êtes du coin ou de passage en ville ?

- Non, je suis du coin. Je n'habite pas très loin, dans le quartier résidentiel du haut de Cenon.

- Ah oui je vois, répondit le patron du café. Mais je ne vous ai jamais vu dans mon café, ni croisé en ville.

- C'est vrai que je n'y vais pour ainsi dire jamais. Mais maintenant que j'ai le temps, je vais peut-être en profiter pour me balader un peu plus !

- Ah vous êtes en vacances ?

- Non. Je viens de perdre mon emploi.

- Ah mince, c'est embêtant ça.

- Oui comme vous dîtes.

- Mais si ça peut vous rassurer, dit-il en pointant son regard dans la salle, tous les gens que vous voyez ici sont au chômage ! Regardez.

Alex se tourna et vit une dizaine d'hommes et de femmes qui jouaient aux cartes, aux échecs, ou qui refaisaient le monde en buvant des cafés.

- Ils n'ont pas l'air de s'en faire !, fit remarquer Alex.

- Hé, pourquoi voulez-vous qu'ils s'en fassent ? C'est la vie d'aujourd'hui que voulez-vous ? On alterne les petits boulots et le chômage ! Le travail, y'en a plus pour les seniors et pas beaucoup pour les jeunes non plus ! Et puis ça ne sert à rien de pleurer sur son sort !

Ici, les gens viennent chercher un peu de chaleur humaine et je crois qu'ils la trouvent puisqu'ils reviennent tous les jours ! Et vous avez vu le nom de mon café ? Le café des gens heureux ! Ici, ce n'est que du bonheur, de la joie, de la bonne humeur. Tout le monde se connaît, tout le monde se serre les coudes. Dès qu'il y en a un qui va mal, les autres lui remontent le moral. Venez, je vais vous présenter, comme ça si vous voulez revenir un jour où vous avez le blues comme on dit, vous serez le bienvenu !

Voici Yvette.

Elle tendit la main à Alex.

- Enchantée, dit-elle. Alex serra la main qui se tendait vers lui et se présenta à son tour.

Ainsi, ils firent le tour des tables. Chacun saluait Alex d'un signe de la main.

- Là c'est pépé qui joue aux cartes avec Claude, Michel, Philippe, ici, il y a José, Alain et Bernard les philosophes de comptoir, Morad notre champion en informatique, très sollicité ici !

Alain et Bernard épiloguaient souvent sur les derniers sondages politiques. Ils n'étaient pas du même parti politique et leurs divergences les entraînaient parfois sur des pentes glissantes. Le ton montait, la discussion pouvait tourner très mal. Alors, Jacky intervenait : « Si vous voulez vous entretuer, vous le faites dehors ! » Et tout rentrait dans l'ordre. Et ils parlaient, et parlaient encore.

- Qu'est-ce que je vous offre ? demanda le patron du café à Alex, en revenant derrière son comptoir. Ah au fait, dit-il en tendant sa main à Alex, je m'appelle Jacques, mais ici tout le monde m'appelle Jacky !

- Enchanté, moi c'est Alex.

- Tiens et voici Julie ! dit Jacky en voyant arriver une jeune femme d'une trentaine d'années. Elle avait négligemment relevé ses cheveux blonds cendrés avec une pince. Elle était vêtue d'un jean bleu délavé et d'un petit pull noir. Quelques taches de rousseur rehaussaient son teint pâle. Elle posa ses yeux bleu clair sur Alex, lui offrit un sourire, tendit sa joue à Jacky puis s'installa sur un haut tabouret noir face au bar.

- Comment ça va la belle ? demanda Jacky.

- Ça va plutôt bien. J'expose ce week-end à Bordeaux, à l'espace Saint Rémi, et le mois prochain à la cour Mably.

- Ça alors c'est une excellente nouvelle !, s'exclama Jacky. Julie est photographe, c'est une véritable artiste, ses photos sont magnifiques, dit-il en s'adressant à Alex.

- Mais je n'en doute pas !, répondit Alex.

- Faudra venir, dit Julie à Alex. C'est ce week-end, ça démarre vendredi soir, y aura un cocktail.

- Je serai ravi, répondit Alex.

- OK, bon faut que je file mon Jacky, et tu viens ! Je compte sur toi !

- Ouais ma belle, je demanderai au fiston de me garder la boutique pour la soirée.

Julie s'en alla en laissant sur son passage toute la fraîcheur et l'enthousiasme de ses trente ans.

- Elle est adorable cette petite, dit Jacky. Alex était sous le charme, émerveillé par tant de grâce qui émanait de cette jeune femme. Et quelle douceur dans sa voix. Il lui sembla qu'il n'avait jamais entendu une voix si douce.

Vendredi soir c'est dans trois jours, pensa-t-il. Il reviendra ici demain et puis après demain, et sûrement les autres jours aussi. Il se sentait bien dans ce café, il y faisait doux, beau, le bonheur flottait comme si une fée était passée par là et avait déblayé les malheurs, essoré les chagrins et pansé les maux avec ses yeux, sa bouche, ses mains. Cette fée pourrait bien s'appeler Julie.

À peine arrivé chez lui, Alex fut harcelé de questions par Catherine.

- Tu étais où ?

- Ben au bureau !

- Tu te fiches de moi ?

Alex regarda Catherine qui était rouge de colère et qui ne s'arrêtait plus de parler.

- J'ai essayé de te joindre toute la journée. Ah la secrétaire était bien embêtée ! D'abord elle n'a pas su quoi me répondre alors elle m'a dit que tu étais en réunion ! Quand j'ai rappelé, elle m'a demandé de ne pas quitter, elle allait se renseigner ! Et puis elle a repris mon appel et m'a dit clairement avec sa voix niaise « Mais Monsieur Cardetti ne travaille plus chez nous... » J'ai d'abord cru à une mauvaise blague je lui ai dit qu'elle se trompait de personne, comme elle avait l'air godiche ! « Mais non », insista-t-elle c'est bien ça Madame ! Monsieur Cardetti ne fait plus partie de l'entreprise depuis deux mois ». J'ai demandé à parler à Christian. Oh, il a été adorable ! Il m'a tout expliqué, le travail que tu ne fournissais plus, et qui les avait mis tous dans la merde !... Il a été très ennuyé à cause de toi !

- Quoi ? Moi je les ai mis dans la merde ?

- Oui et nous aussi je te signale, tu nous mets dans la merde ! Et tu comptais m'annoncer ça quand ? Pour Noël peut-être ?, dit-elle sur un ton ironique, les yeux dilatés de colère. Et tu fais quoi depuis deux mois ? On peut savoir ? Et ce soir tu étais où ? Avec une maîtresse, c'est ça ? demanda-t-elle en lui jetant maladroitement un coussin en pleine figure. Le coussin heurta le vase en cristal qui leur avait été offert pour leur mariage et se brisa. Salaud, tu es un salaud !, hurla-t-elle en sanglotant.

- Écoute Catherine, je ne t'ai rien dit pour ne pas t'affoler.

- Pour ne pas m'affoler ? Mais je suis affolée, je suis apeurée même ! Comment on va faire, hein ? De quoi on va vivre ? Et les enfants, tu as pensé aux enfants ? Qui va leur payer leurs études ?

- C'est peut-être le moment pour toi de songer à travailler ! Pour une fois dans ta vie !

- Mais... Mais que veux-tu que je fasse ? Je ne sais pas, je ne sais rien faire...

- Ah oui, ça je sais bien ! Ce n'est pas tout Catherine. Je pars de cette maison, je te laisse tout, je te quitte.

- Quoi ? Mais ce n'est pas possible !

- Regarde-nous ! Nous ne sommes plus un couple depuis longtemps. Nous ne sommes plus rien, seulement des étrangers l'un pour l'autre.

- C'est faux, je t'aime moi.

- Mais non, ce n'est pas moi que tu aimes c'est mon argent. C'était ma position sociale, mon statut, mon paraître. Maintenant que tu sais que je n'ai plus rien à t'offrir, regarde-toi, tu es paralysée rien qu'à l'idée de manquer d'argent ! Où est ton amour là-dedans ? Il est inexistant. Tu t'es rongé les sangs toute la soirée pour savoir comment désormais tu allais payer ton coiffeur, ton esthéticienne, tes robes, tes bijoux, tu te demandes qui va te les offrir… Sans argent, tu n'es plus rien Catherine, tu n'existes plus !

Ella avait séché ses larmes et l'écoutait bouche bée. Elle suffoquait, anéantie par tant de drame.

- Je te laisse tout, reprit Alex, la maison, la voiture, l'argent que l'on a de côté…

- Mais… Tu ne peux pas partir comme ça ! Et les enfants ?

- Les enfants ? Ce ne sont plus des enfants, ils ont seize et dix-sept ans et ils comprendront.

Alex se dirigea vers la chambre pour y prendre quelques affaires qu'il glissa dans un sac de voyage. Catherine le suivait, hébétée.

- Tu as rencontré une pétasse ?

- Non.

- Tu vas aller où ?

- Je ne sais pas.

De ses bras, elle lui barra le chemin dans le couloir et chercha à le retenir. Elle le supplia d'abord, puis le menaça de le traîner dans la boue s'il franchissait la porte. Il lui demanda patiemment de s'écarter, mais elle refusa. Il força ce barrage sans même la regarder.

Il partit en laissant Catherine interloquée. Il n'était pas inquiet, il savait que sa femme allait rebondir dès le lendemain et qu'elle irait voir leur ami avocat Pierre Duthilleul pour demander conseil et obtenir le divorce et surtout une pension alimentaire.

Alex appela son ami Frédéric. Il avait besoin d'être hébergé pour la nuit. Frédéric était un vieil ami. Célibataire, il n'avait jamais voulu se marier et ses histoires d'amour ne duraient pas plus d'une saison en règle générale.

- Tu peux rester ici autant que tu veux, dit Frédéric en accueillant son ami.

- C'est gentil, mais faut que je trouve un appartement !

- Si ça peut te dépanner, tu sais que j'ai toujours ce studio en ville et il est libre en ce moment. Si tu veux, je te le prête en attendant que tu retrouves un boulot.

- C'est adorable et ça me dépannerait vraiment.

- C'est normal, tu as été là toi aussi pour moi quand j'avais besoin… Je n'ai pas oublié, tu sais !

Alex avait tendu la main à son ami quinze ans auparavant. Frédéric s'était endetté en jouant au casino et il s'était retrouvé à la rue. Alex l'avait hébergé une année entière, le temps que Frédéric soigne son addiction au jeu et que ses finances remontent.

Alors aujourd'hui, Frédéric proposait naturellement d'aider à son tour, son ami.

La grisaille suspendue au-dessus des toits avait laissé la place à quelques éclaircies dans l'après-midi. Quelques perles de pluie scintillaient et s'accrochaient sur les rebords des gouttières comme des rondes sur une portée de musique.

Sur les pavés encore humides de la rue Saint-Rémi les gens discutaient et gesticulaient, un verre à la main, une cigarette coincée entre les doigts de l'autre. Alex se fraya un chemin pour entrer dans l'espace Saint-Rémi et voir l'exposition de Julie. Elle était là, il l'aperçut entourée de gens qu'il ne connaissait pas. Il décida de regarder d'abord l'exposition et il irait la saluer plus tard. Les photos racontaient ses voyages en Asie. Des portraits étaient accrochés sur des grilles métalliques, des visages de femmes enveloppés dans des tissus indiens, très colorés. Les clichés étaient des souvenirs d'Inde du Sud, des rencontres au fil des jours passés dans ce pays lointain et envoûtant. Sous les photos, Julie avait écrit :

J'ai photographié des personnes qui portent sur leur visage les cicatrices du temps qui passe et de l'amour. Pour un sourire sur un visage, je me suis arrêtée et noyée dans des larmes que j'ai faites miennes. Et dans leurs pas, je me suis perdue. J'ai vu des éclaircies, des nuages gris, j'ai suivi des yeux couleur de pluie, des océans de larmes sous des paupières, j'ai bu à leur eau pour assécher les miennes.

Alex fit mine de ne pas voir Julie qui discutait avec un grand brun, tiré à quatre épingles, un type du genre Joris. Était-ce cette ressemblance ou une pointe de jalousie qui envahissait soudain Alex ? Il lui aurait bien fichu son poing dans la figure tant ses manières de type trop bien élevé l'agaçaient. Julie dut sentir que Alex l'observait du coin de l'œil, car elle prit congé du type et de son costard beige trois-pièces et se dirigea vers Alex qui s'obstinait à regarder les photos alors qu'il n'avait qu'une idée en tête, la voir, lui parler et l'emmener loin d'ici, loin de tous ces gens. Les visages inconnus plaqués contre les murs semblaient le regarder. Les femmes enveloppées dans leur sari rose fuchsia ou orange pourpre semblaient se rire de lui avec leurs yeux noirs perçants.

Soudain, une main vint se poser sur l'épaule d'Alex et le fit sursauter.

- Bonjour, dit Julie.
- Ah bonjour.
- C'est gentil d'être venu !

25

- Mais avec plaisir. Vos photos sont magnifiques, magnétiques même.

- Merci… Excusez-moi, dit Julie en voyant arriver un journaliste. Je dois répondre à quelques questions et je reviens vous voir.

Elle posa sa main sur le bras d'Alex et disparut. Il se retrouva seul et découvrit une à une les photos de Julie. Mais l'interview se prolongea et Alex quitta l'exposition sans avoir revu Julie.

Il poussa la porte du café et jeta un œil circulaire à l'intérieur. Jacky n'avait pas pu se libérer pour aller au vernissage de Julie. Alex alla s'asseoir au comptoir comme il en avait désormais l'habitude. Michel était assis à côté de lui. En réalité, il ne tenait pas vraiment assis, il ne tenait pas vraiment debout non plus. Michel avait cinquante-quatre ans. Il s'était retrouvé handicapé à la suite d'un accident de voiture. Il avait perdu sa jambe droite. Sa femme l'avait quitté, alors il buvait. Il noyait son chagrin dans l'alcool comme il disait. Les cheveux en bataille, il ne s'était pas lavé ni rasé depuis plusieurs jours. Les yeux injectés de sang il regarda Alex et s'adressa à lui.

- Salut mon capitaine !
- Salut Michel. Pourquoi tu m'appelles mon capitaine ?
- Parce que tu as une tête de capitaine !
- Ah bon ?
- Ouais. Et moi tu sais comment on m'appelle moi ?…
- Non, je sais pas.
- On m'appelle Poch'.
- Poch' ?
- Ouais parce que j'ai une tête de pochtron !
Et il éclata de rire.
- Tu devrais y aller mollo sur le whisky Michel.
- Ouais, mais c'est le whisky qui peut pas se passer de moi ! Le whisky c'est ma seule compagne vois-tu ? Depuis que ma femme m'a quitté, je n'ai plus que la boisson… La salope ! Tu sais ce qu'elle a fait après mon accident ?
- Non, je sais pas.
- Elle m'a quitté ! Putain, j'étais encore à l'hosto !
- Ah bon ?

- Ouais ! C'est une salope, hein ?

- C'est pas sympa de sa part, c'est sûr …

- Pas sympa, pas sympa ! T'es gentil toi ! C'est une SALOPE je te dis !

Il avait haussé le ton. Puis il reprit plus bas.

- Hé, tu sais ce qu'elle a fait aussi ?

- Non, je sais pas.

- Eh ben elle a monté les gosses contre moi et je les vois plus ! Elle leur a dit que je la battais ! La salope ! J'ai jamais levé la main sur elle, j'te le dis, faut me croire, hein ?

- J'te crois Michel. Tu vois plus tes enfants, c'est moche ça… T'en as combien dis-moi ?

- J'en ai deux gosses… Ouais, une fille et un garçon … Ils ont dix-huit et vingt et un ans maintenant. Ça fait cinq ans que je les vois plus…

Son regard s'était perdu dans le vide.

- Faut pas sombrer Michel. Faut rebondir et se reconstruire. Fais-le pour tes gosses. Arrête de boire et va les trouver.

- Ils veulent plus me voir !

Sa voix était nasillarde.

- Mais si…, insista Alex. S'ils voient que tu t'en es sorti, ils voudront te revoir, mais s'ils te voient dans cet état-là…

En s'approchant un peu, Alex vit les ravages de l'alcool sur la peau rougie et bouffie de Michel. Sur son visage et dans ses yeux sombres, on pouvait voir les dégâts de sa vie tombée en ruines. Sous ses paupières, la tristesse et la solitude s'étaient emmêlées, persistantes comme du chiendent. Plus en profondeur, on pouvait sentir une force insoupçonnable au premier regard, qui semblait interdire toute pitié à celui ou celle qui se laisserait aller à ce sentiment misérable et indigne de lui. Il venait au café chercher de la tendresse, du respect, de la compagnie, une raison de vivre. Il s'accrochait aussi bien aux personnes rencontrées le soir-même qu'aux habitués des lieux, comme à une liane qui le maintenait au-dessus du vide. Le café était son seul refuge, son foyer.

- Et t'as besoin d'un bon bain aussi ! ! ! Allez, écoute-moi !

Il avait les cheveux gras et la crasse s'étalait sur son cou nu. Il dégageait une odeur répugnante de sueur et son haleine sentait l'alcool.

- Ah bon, je pue ?

- Un peu, ouais…

- Bon je vais essayer de faire comme t'as dit… T'es un bon gars toi, tu sais !

Jacky souriait en essuyant les verres et en regardant Alex écouter les lamentations de Michel.

- Hé, avant que tu arrives Alex, c'était moi le confident ! Tu me piques mon travail ou quoi ? dit-il en riant.

- Non, tu es irremplaçable Jacky !

- Ah, mais je vois que les gens t'aiment bien ici tu sais, ils te font confiance, tu leur inspires de la sympathie et tu sais les écouter.

Arrivait ainsi l'heure où les tabous tombaient, où les aveux s'offraient délicatement, l'heure où il était trop tôt pour tout dire et où il était trop tard pour regretter ces confidences qui se couchaient et se dévoilaient sans pudeur aucune. L'heure où les questions se voulaient crues, osées, directes, les réponses cash. L'heure où les chaînes se dénouaient, où les sentiments s'échappaient et envahissaient l'atmosphère.

Le jour était une mascarade, on y jouait la comédie de la vie, les faux-semblants côtoyaient les masques. La nuit elle, était un volcan dont la lave de ses péchés, de ses non-dits, de ses tourments, de ses peurs, de ses envies, de ses joies et de ses peines, jaillissait et se déversait indécemment sur leurs vies. Cette indécence nocturne pansait leurs maux diurnes.

Alex admettait qu'il était souvent plus facile de parler à un inconnu qu'à un proche.

Michel à présent s'était rapproché de Philippe, un autre habitué qui avait entendu quelques bribes de conversation.

- Les bonnes femmes, ce sont toutes des salopes ! cria Philippe.

- En tout cas, la mienne c'en est une ça je te le garantis ! répondit Michel.

Chacun retrouvait dans l'autre sa propre histoire et cet écho leur était rassurant, rompait leur isolement.

- Mon père, il me frappait à coups de ceinturon quand j'étais môme, enchaîna sans transition Philippe.

- Et moi c'était avec le martinet ! On ne rigolait pas, hein ? Le martinet était accroché au mur, dans l'entrée. Ah, tiens, je le revois ce martinet, comme si c'était hier ! Et dès que je faisais une connerie ou un truc qui ne plaisait pas à mon paternel, hop, il décrochait le martinet et me déculottait !

Alex et Jacky les laissèrent remuer leurs souvenirs douloureux entre eux.

- Toi aussi Jacky tu sais écouter les autres, reconnut Alex.

Jacky avait cinquante-huit ans. C'était un homme honnête et droit, généreux et attentionné. Finalement, tous les habitués ne connaissaient pas grand-chose de lui, mais tous s'accordaient à dire que c'était un homme bon et sensible. De sa vie, ils savaient peu, puisque c'est lui qui, chaque jour, les écoutait. Certains avaient connu sa femme, certains l'avaient vue partir. Certains disaient qu'elle était revenue pour repartir ensuite avec celui qui lui avait fait tourner la tête. « Un homme plus jeune qu'elle, il paraît ! », dirent quelques langues. « Pauvre Jacky, murmuraient les autres au coin du bar quand Jacky avait le dos tourné. Il ne mérite vraiment pas ça ! »

- Oui ah ça, j'en ai entendu… avoua Jacky. J'assiste à des fragments de la vie de ces hommes, de ces femmes. Tous sont des voyageurs, des itinérants, des mélancoliques, des chercheurs d'or, des donneurs d'amour. Leurs récits ressemblent à des histoires qu'on trouve dans les livres, leurs souvenirs à des cartes postales. Ils me livrent leurs secrets les plus intimes, me confient leurs erreurs, leurs errances, leur route déviée pour un autre chemin, leurs rencontres à l'autre bout du monde ou au coin de leur rue. Leurs gorges se nouent, s'étranglent et finissent par cracher le malheur qui leur collait au ventre. Je suis témoin de leur vie qui glisse entre leurs doigts. Je suis une oreille, une épaule, un ami, un frère, celui qui ne juge pas. J'écoute leur solitude se déverser sur mon comptoir et j'éponge leurs souffrances. Qu'ils viennent d'un pays lointain ou d'une contrée voisine, pour moi ce sont les mêmes narrateurs. Leurs mots sont toujours justes, leurs lèvres prêtes à s'ouvrir, et leur visage tout d'un coup s'illumine. Ils livrent à nu le tableau de leur vie comme un modèle qui poserait pour un peintre.

- Eh bien, ça ne doit pas être toujours simple, j'imagine ?

- C'est assez rassurant, je trouve, de savoir que d'autres que toi ont pas mal bourlingué ! Et puis, j'aime bien les écouter… Et toi, qui est-ce qui t'écoute Alex ?

- Moi ? Personne…

- Suis là moi, si t'as besoin de parler... N'oublie pas !

- OK, merci Jacky, j'm'en souviendrai ... Dis-moi, tu as des nouvelles de Julie ?

- Julie ? Ouais, elle est passée tout à l'heure pour me dire au revoir. Elle partait pour l'Argentine.

- Ah bon ? Pour combien de temps ?

- Hum... Un mois, je crois ...

Alex resta silencieux.

- Elle te plaît hein, Julie ?

Alex ne répondait toujours pas. Jacky enchaîna.

- Tu sais, c'est une fille bien Julie...

- C'est une gamine, elle a trente ans à peine !

- Non, c'est une jeune femme ! Et elle a trente-deux ans !

- Et moi, je suis un vieux croûton ! Que veux-tu qu'elle fasse avec un vieux croûton comme moi ? J'espère pour elle qu'elle a autre chose à se mettre sous la dent !

- Mais arrête donc ! T'as pas soixante-dix ans non plus !

- Non, mais j'ai vingt ans de plus qu'elle !

- On en a vu d'autres !

- J'entends les gens d'ici ...

- Mais tu vis pour les autres toi ? Moi non, je vis pour moi. C'est ma vie, j'en fais ce que je veux et tu devrais en faire autant, crois-moi !

Un long silence passa.

- J'ai l'impression d'avoir quinze ans Jacky ...

- Tu vois bien que tu as rajeuni et que tu n'es pas un vieux croûton !

- Si je pouvais paraître ce que je suis vraiment au fond de moi, amoureux comme un vrai gamin...

- Appelle-là !

- Elle est en Argentine !

- Et alors ? Envoie-lui un sms.

- Pour lui dire quoi ?

- Sais pas moi, trouve un prétexte !

- Non.

- Ah tu es entêté toi alors !

- De toute façon, je ne suis pas dans une situation très favorable pour entamer une histoire d'amour en ce moment...

- Pourquoi ça ?

- Je n'ai plus de travail et je n'ai pas d'appartement à moi… C'est un ami qui me prête un petit meublé en ville, mais c'est provisoire.

- Si tu as besoin, j'ai des chambres en haut. Si ça peut te dépanner !

- Merci, c'est gentil.

Finalement, son ami Frédéric partit plusieurs mois au Brésil et confia à Alex qu'il préférait le voir rester dans l'appartement qu'il lui avait prêté plutôt que de le louer à un inconnu. « Et puis, tu y verras plus clair après ton divorce ! » avait ajouté Frédéric.

3-Le passé reste toujours présent

Il ne suffit pas que les verrous soient tombés pour que la porte s'ouvre.

Elle était arrivée avec trois quarts d'heure de retard au rendez-vous fixé la veille. Alex l'attendait, attablé avec un verre de whisky. Il avait choisi un restaurant plus chic que le café et surtout, il voulait voir Julie en toute intimité. Elle était rentrée d'Argentine plus tôt. Il avait suivi les conseils de Jacky et lui avait envoyé un message sur son téléphone. Écrire lui paraissait plus facile.

Il la vit se diriger vers lui avec une démarche bien assurée, sur des chaussures à talons. Elle portait une jolie robe noire qui lui cintrait la taille et laissait deviner ses formes. Ses cheveux blonds cendrés retombaient en cascade sur ses épaules nues et laiteuses. Elle avait déposé un peu de blush rosé sur ses joues qui faisait ressortir le bleu de ses yeux et qui lui donnaient ainsi l'air d'une poupée de porcelaine. Il était troublé devant tant de beauté naturelle et il se sentit maladroit et gêné, car il savait que son trouble pouvait transparaître. Il la trouvait encore plus belle que les fois précédentes.

Il se leva pour la saluer.

Julie fit mine de ne rien voir de ce trouble naissant et ils passèrent une soirée charmante durant laquelle ils apprirent à se connaître davantage.

- Et que fais-tu en dehors de la photo ? demanda Alex.

- Je fais du théâtre. Depuis toute petite, jouer sur scène est le meilleur moyen d'exprimer mes émotions, j'ai plutôt tendance à les camoufler dans la vraie vie !

- Tu joues quoi ? Du classique ? Du contemporain ? De la tragédie ou du comique ?

- Je joue de tout. L'année dernière avec la troupe on est partis en tournée jouer une pièce comique écrite par un jeune auteur qui est aussi comédien.

Tandis que Julie se dévoilait un peu, Alex désirait déjà la serrer dans ses bras. De temps en temps, son décolleté laissait apparaître de la dentelle noire ou une bretelle de sa robe venait à glisser sur ses épaules et Julie la remontait alors d'un geste lent. D'ailleurs, tous les gestes de Julie étaient lents, doux, comme si elle caressait l'air. Alex était aux premières loges de ce spectacle sensuel et il n'aurait laissé sa place pour rien au monde. Il était fasciné par tant de grâce et de charme, comme envoûté. Son regard ne pouvait plus se détacher de ces yeux si perçants aux couleurs de la mer méditerranée. Il s'y noyait sans volonté aucune de remonter à la surface. Ce fut une question de Julie qui le fit sortir de sa rêverie.

- Et toi alors ? Je ne sais pas grand-chose de toi …

Alex lui raconta ses années de travail, la perte de cet emploi, ses interrogations sur le sens de sa vie, sa séparation avec sa femme, sa nouvelle vie. Elle l'écoutait, parfois l'interrompait par une question, le soutenait par un hochement de tête, désapprouvait en faisant la moue, s'indignait la bouche ouverte, se révoltait en secouant à nouveau la tête, cette fois de gauche à droite et finissait par l'admirer en posant sur lui un regard tendre et bienveillant et en affichant une curiosité insatiable. Julie attendait impatiemment la suite de l'histoire de sa vie, espérant déjà secrètement qu'elle pourrait bientôt en faire partie. Elle n'avait presque pas touché à son assiette. Il demanda la note. Ils étaient les derniers clients à quitter le restaurant.

Ils marchèrent un peu et puis Alex raccompagna Julie chez elle. Ils se tenaient debout en bas de cet immense immeuble en pierres, les bras ballants, hésitant à se séparer, faisant traîner un peu la conversation.

La pluie menaçait et Julie le fit remarquer à Alex.

- Veux-tu que je te prête un parapluie ?

- Non, merci. Ça va aller.

À peine eut-il fini sa phrase que la pluie s'abattit sur eux. Ils s'abritèrent sous le porche de l'immeuble. À présent, leurs bras se touchaient. Alex pouvait sentir la peau tiède de Julie contre la sienne.

- Veux-tu monter un instant ?

- Non, ce ne serait pas raisonnable.

- Et pourquoi ce ne serait pas raisonnable ?

- Parce que je vais avoir envie de faire quelque chose qui n'est pas du tout raisonnable…

- Quoi donc ? demanda Julie en s'appuyant contre la porte d'entrée de l'immeuble. Ce mouvement décolla son bras de la peau

33

d'Alex. Il sentit de l'air froid se glisser entre eux. Alors, il s'approcha lentement de Julie.

- Je vais avoir envie de faire ça…

Et il déposa un baiser léger sur les lèvres de Julie puis se recula. Il crut qu'elle n'était pas réceptive et il était prêt à s'excuser pour ce baiser qu'elle jugeait très certainement déplacé quand elle s'approcha à son tour de lui, se colla contre sa poitrine et lui enroula le cou de ses bras maigres et l'embrassa à pleine bouche, sans retenue.

Leurs mains se nouaient, se dénouaient et leurs lèvres se cherchaient, se trouvaient, se taquinaient. Les gouttes de pluie traversaient le dos d'Alex et Julie les essuyait en passant ses mains sous la chemise. Ses doigts parcouraient à présent son torse et ouvraient un à un les boutons. Lui, l'embrassait dans le cou, lui léchait le lobe de l'oreille et redescendait dans le cou, revenait goûter sa bouche en faisant glisser une bretelle de la robe. D'une main il relevait la robe, caressait la cuisse, hésitait puis recommençait. Cheveux mêlés et corps à moitié dénudés, ils traversèrent la petite cour pour regagner l'appartement de Julie. Dans l'obscurité, ils reprirent là où ils s'étaient arrêtés.

Il triturait son téléphone depuis des heures et il commandait café sur café. Depuis une semaine, Alex n'avait aucune nouvelle de Julie. Il avait bien essayé de la joindre sur son téléphone, mais elle ne répondait pas.

Alors, Alex se torturait l'esprit à se demander ce qu'il avait pu dire de trop ou de pas assez. La nuit passée avec Julie lui avait paru pourtant magique.

- Tu m'as l'air préoccupé Alex…, s'inquiéta Jacky.

- Jacky, tu as eu des nouvelles de Julie ?

- Julie, elle est à droite, à gauche. Elle passe pas mal de temps avec les enfants aussi.

- Les enfants ? Quels enfants ?

- Ben les enfants de l'hôpital !

- Quels enfants de l'hôpital ?

- Elle ne t'a pas dit ? Julie rend visite aux enfants malades hospitalisés.

- Ah bon ? Mais qu'est-ce qu'elle y fait au juste ?

- Le clown !

- Le clown ?

- Oui, elle se déguise en clown et fait rire les enfants. Elle y va une fois par semaine.

- Je ne savais pas …

- Elle est secrète Julie et merveilleuse aussi…

- Oui, ça je le sais.

- Ah mon pauvre Alex. Nous, nous sommes des nomades de l'amour, exilés en terre inconnue. Et lorsqu'un chagrin nous déracine le cœur, nous nous laissons happer par des histoires abracadabrantes, et nous trimbalons notre caravane remplie d'amours faites de bric et de broc, mais qui nous tiennent tellement chaud lorsque la route se fait en solitaire, sous un épais hiver…

- Et toi, tu es seul depuis longtemps Jacky ?

- Oui depuis la mort de ma femme, ça fait sept ans maintenant…

- Et tu n'as rencontré personne ?

- Bah, si… mais jamais les bonnes personnes en fait…

- Et personne ne te plairait ici ? Tu vois du monde pourtant… Et parmi tes clientes ?

Alex se tourna discrètement vers Yvette et regardant Jacky :

- Non ?

Jacky se contenta de sourire.

- Ah …, dit-il, d'une voix mystérieuse.

*

Yvette avait soixante-quatre ans. Elle était divorcée deux fois et était veuve de son troisième mari. Elle portait toujours des vêtements de couleurs vives. Elle aimait se maquiller, parfois outrageusement. Ses cheveux qui lui arrivaient aux épaules étaient devenus filasse à force de teintures et leur couleur virait au roux. Elle avait les yeux clairs, verts de gris, et quand elle vous parlait, son regard était si perçant qu'on aurait pu croire qu'elle lisait en vous.

La rumeur qu'elle avait assassiné son troisième mari avait circulé très longtemps dans son petit village provençal où elle était née, mais d'où elle avait fini par partir. Elle s'était installée dans la région bordelaise depuis une dizaine d'années et venait au café des gens heureux depuis son emménagement. Ici, elle se sentait chez elle. Ici, personne ne la jugeait ni ne colportait de fausses informations ou insinuations. Ici, nul ne viendrait lui demander quelconque justification ou explication.

Elle parlait en roulant les r et avec un accent qui chantait la Provence, une intonation qui laissait deviner un caractère bien trempé et qui imposait un silence respectueux dès qu'elle ouvrait la bouche.

- Peuchère il n'est pas né celui qui me fera taire ! clamait-elle quand un client lui demandait de baisser un peu la voix.

Et elle se perdait dans un monologue sans fin, accoudée au comptoir, gesticulant dans tous les sens et dans ses mouvements brusques, sa jupe vert bouteille, qui laissait apparaître ses mollets potelets sous un collant orange, se balançait de gauche à droite et envoyait de l'air au client d'à côté qui grommelait.

- Nom de Dieu, mais elle va me le renverser oui mon verre !

- Qu'est-ce que tu as toi ? demandait-elle en le toisant.

36

Elle avait comme souvent, un verre dans le nez.

- Allons, allons, tempérait toujours Jacky, calme-toi Yvette.

Et comme Alex était près d'elle, elle s'adressa à lui.

- Alors, beau gosse ? Qu'est-ce que tu fais ici ?

- Salut Yvette ! C'est moi que tu appelles beau gosse ?

- Ouais c'est toi ! Hé, t'es plutôt pas mal non ? fit-elle en faisant un clin d'œil.

Alex était grand, mince. Il avait les cheveux bruns légèrement ondulés, les tempes grisonnantes, les yeux marron vert.

- Si tu le dis ! Merci en tout cas du compliment !

- De rien mon beau ! Ah c'est un gars comme toi qu'il m'aurait fallu té !

- Allons bon Yvette ! Qu'est-ce qu'il t'arrive ?

- Bah, j'ai raté ma vie sentimentale, tu sais …

- Ah bon ?

- Ouais… J'ai eu trois maris ! Trois maris, tu te rends compte ? Et une trentaine d'amants, avoua-t-elle en reprenant une gorgée de vin blanc. Mais je n'ai pas pu avoir d'enfants. Dans le fond, il a peut-être mieux valu, qui sait ? Mes deux premiers maris m'ont trompée et le troisième me battait. Tu vois, je n'ai pas eu de chance avec les hommes ! Norbert, il était alcoolique et quand il avait picolé, il ne savait plus ce qu'il faisait. Norbert, c'était mon troisième mari. C'est quand il avait bu qu'il levait la main sur moi. Des fois, il m'envoyait tout ce qu'il pouvait trouver à travers la tronche ! Une fois, il m'a envoyé une fourchette. Il a failli me crever un œil le con ! Un soir, il est arrivé plein comme une barrique. Il m'a sauté au cou, mais pas par amour, non ! Il voulait m'étrangler ! Je me suis débattue. Ses grosses mains velues me serraient la gorge, mais j'ai eu le réflexe de lui donner un coup de genou dans ses parties intimes. C'est comme ça qu'il m'a lâchée. Mais le calvaire a continué après.

Elle vida son verre de vin blanc et en demanda un autre. Elle reprit son histoire.

- Je m'étais réfugiée dans la chambre à coucher, mais il est arrivé et m'a renversée sur le lit. Je te passe les détails sur ce qu'il m'a infligé.

- À un moment, non satisfait de m'avoir violée une fois, il a voulu recommencer et j'ai voulu m'extirper de ce corps, mais je n'y arrivais pas, il pesait un âne mort. Il m'a écrasée davantage et j'ai saisi ce qui se trouvait à portée de main.

C'était un broc à eau en porcelaine. Il était lourd, mais je l'ai soulevé et je l'ai cassé sur la tête de mon monstre de mari. Je l'ai cru assommé et j'ai pu ainsi le pousser et me dégager de lui. Quand je me suis relevée, j'ai vu le sang noirâtre couler le long de sa tempe gauche et qui sortait de son crâne. On a longtemps raconté que je l'avais assassiné alors que je n'ai fait que me défendre.

Elle avait baissé la voix et s'était rapprochée d'Alex.

- J'ai fait quinze ans de tôle. Personne ne le sait ici à part toi maintenant.

- Ça me touche que tu me fasses confiance.

- T'as une bonne tête, la tête d'un homme honnête et bon, mais qui a souffert aussi, qui comprend le malheur, qui sait écouter les autres surtout. Et ce n'est pas donné à tout le monde ça, crois-moi !

Alex souriait aux compliments d'Yvette et la prit par le cou et déposa un baiser sur sa joue rose et tiède. Elle était émue aux larmes. Était-ce par la douceur de ce baiser ou était-ce ce malheureux souvenir qui la faisait encore souffrir ?

- C'est comme ça mon bonhomme ! Chacun son destin ! conclut-elle en reprenant une gorgée de vin. T'en connais toi des gens qui n'ont jamais eu leur part de malheur dans cette putain de vie ? Le bonheur, tu sais, moi je dis que ce sont ces petits moments qui s'offrent à vous de temps en temps. Et ces moments-là mon gars, il faut les savourer à deux cents pour cent, car ils ne durent pas. Le bonheur, c'est le sourire d'un enfant, c'est voir le soleil se lever… C'est être libre. Le bonheur c'est des petits bonheurs.

Quelle petite fille avait-elle pu être ? se demandait Alex.

En réalité, elle avait grandi entre deux parents qui se déchiraient. Elle avait assisté à des scènes de violence, son père frappant sa mère. Faut-il que le schéma se répète toujours et qu'il poursuive sa course à l'infini ?

Ils s'étaient retrouvés au café des gens heureux et s'étaient assis à une table près du poêle à pétrole. Julie regarda nerveusement sa montre et annonça à Alex qu'elle devait partir dans dix minutes.

- Ah bon ? Mais tu vas où ? Enfin, je veux dire tu as un rendez-vous ? Je ne comprends pas tu m'as demandé de venir là et tu me dis que tu dois partir …

- Je vais à l'hôpital.

- À l'hôpital ? Ah oui, faire rire les enfants c'est ça ? Pourquoi tu ne me l'as pas dit ?

- Que je ne t'ai pas dit quoi ?

- Que tu faisais le clown dans les hôpitaux …

Julie prit un air agacé.

- D'abord je ne fais pas le clown dans les hôpitaux, mais dans un seul hôpital et pourquoi je te l'aurais dit ?

- Non, mais je ne voulais pas paraître indiscret …

Il n'eut pas le temps de finir sa phrase, Julie lui coupa la parole.

- Non je ne te l'ai pas dit, mais on n'est pas obligés de tout se dire, si ?

- Non. Mais je trouve que c'est plutôt bien ce que tu fais, mais ça doit être difficile j'imagine…

- J'ai perdu mon frère quand j'avais neuf ans. Il avait une leucémie. C'était mon frère jumeau. La seule chose qui lui faisait du bien à l'hôpital c'était la venue du clown. Il rigolait pendant un quart d'heure, parfois davantage et il oubliait sa maladie. Quand je fais rire les autres enfants, je me dis que si ça peut au moins soulager leur souffrance, leur faire oublier cette putain de maladie pour un moment, c'est déjà ça de gagné, même s'ils doivent mourir quelques heures plus tard… Et je pense à mon frère bien sûr…

Les yeux perdus dans le vide, elle se replongea dans ses souvenirs d'enfant. Elle se souvint qu'Arthur était toujours fatigué et si pâle avant que les médecins ne diagnostiquent une leucémie. Et puis il y eut l'hôpital, la chimiothérapie, le combat.

- Et dans ce blanc décor, poursuivit Julie, le clown mettait des couleurs dans la vie de mon frère et de l'espoir dans la mienne. Je voyais des étoiles dans ses yeux chaque fois que le clown lui rendait visite.

Elle revit son frère si maigre, les yeux cernés de noir, le crâne sans cheveux. Pour lui ressembler, Julie s'était rasé les siens, sa mère avait poussé un cri et fondu en larmes.

Julie ne comprenait pas pourquoi son frère était malade et pas elle. On l'avait éloignée de lui pour ne pas qu'elle le voit mourir. Quand il était monté au ciel, elle voulait le rejoindre et le sentiment de culpabilité commença. Pourquoi lui et pas moi ? Pourquoi moi je reste ? Ces questions revenaient sans cesse et restaient toujours sans réponse.

Ses parents se séparèrent l'année suivante. Julie vivait avec sa mère et voyait son père un week-end sur deux et la moitié des vacances.

Ses parents avaient changé depuis la mort d'Arthur, sa mère surtout et Julie pensa encore une fois que c'était de sa faute.

Sa mère, trop absorbée par son chagrin et enfermée dans une profonde dépression, ne s'apercevait pas de la souffrance de sa fille. Son père, lui, songeait à refaire sa vie et multipliait les conquêtes féminines et ne portait pas plus d'attention à Julie. Finalement, il se remaria avec une de ses maîtresses. Julie sut un peu plus tard que son père avait eu une autre fille et elle ne trouva pas sa place au milieu de cette famille recomposée. Elle apprit à grandir avec l'absence de son frère jumeau, mais elle avait toujours la sensation d'avoir été amputée d'un bras ou d'une jambe. Elle continua sa route, claudiquant, avec cette blessure béante et cette culpabilité affreuse qui la rongeait. C'est moi qui aurais dû mourir et non mon frère pensait-elle et si personne ne fait attention à moi, c'est parce que je n'en vaux pas la peine.

Julie était toujours souriante malgré tout et donnait l'impression d'aller bien. En réalité, elle lançait un appel au secours que personne n'entendait.

Sa scolarité fut chaotique et c'est dans la photo et le théâtre qu'elle se réfugia.

Jouer sur scène lui permettait de mettre sa propre vie entre parenthèses, d'enfiler d'autres costumes sur sa peau et d'être ainsi quelqu'un d'autre. Elle pouvait aussi bien jouer de la comédie que de la tragédie. Photographier était toujours un voyage pour elle, même si ce voyage pouvait commencer à l'angle de sa rue. Les gens qu'elle immortalisait étaient semblables aux personnages qu'elle pouvait incarner. Chacun d'eux racontait une histoire, leur histoire.

- Ton frère est mort Julie c'est vrai. Mais toi, tu es vivante tu entends ? Et tu dois continuer à vivre !

Julie regardait Alex et ses larmes coulaient. Depuis vingt années, personne ne lui avait jamais dit ces mots.

- Mais pourquoi ce n'est pas moi qui suis morte à sa place ?

- Parce que ça devait se passer comme ça, parce que ce n'est pas toi, ce n'est pas nous qui décidons de ces choses-là… Mais ton frère n'aurait pas voulu te voir malheureuse. Où qu'il soit, ton frère veut que tu vives Julie et que tu cesses de culpabiliser.

C'est bien que tu rendes visite chaque semaine aux enfants malades, je trouve cela très courageux, très généreux de ta part. Mais tu sais comme moi que ça ne fera pas revenir ton frère et qu'il faut que tu penses à toi. Tu t'interdis de vivre Julie…

- Mais non…

- Si… Tu t'interdis d'être heureuse, car tu penses que tu ne le mérites pas. Tu es une personne merveilleuse et lumineuse, mais tu dois reprendre confiance en toi et accepter l'amour que l'on peut t'offrir, pas le refouler systématiquement.

À ces mots, Julie rougit un peu. Depuis leur nuit passée ensemble, elle esquivait les messages d'Alex et les rendez-vous qu'il lui proposait. Julie avait peur de s'attacher, peur d'être abandonnée encore une fois. Alors, elle se mettait des barrières pour ne plus souffrir.

Julie se blottit contre Alex et il dut faire beaucoup d'efforts pour ne pas l'embrasser. Mais c'est Julie qui s'approcha de lui et lui tendit ses lèvres. Alex ne voulait pas profiter de la situation et refusa de lui donner un baiser et se contenta de lui coller une bise sur la joue. Surprise et un peu vexée, Julie se recula et se raidit. Alex lui prit doucement la main.

- Je préfère que tu m'embrasses quand tu seras sûre que ce n'est pas ton chagrin qui te pousse vers moi.

Elle lui demanda de la raccompagner chez elle, les souvenirs qu'elle avait remués l'avaient bouleversée.

Elle décala sa visite prévue à l'hôpital au lendemain.

4-Des silences et des soupirs

Sous l'écorce coule la sève. Le temps rend les blessures moins amères.

Julie avait lu qu'il fallait trois petits bonheurs dans une journée pour rendre sa vie plus belle.

Aujourd'hui, elle commençait sa journée par la visite des enfants malades. C'était ainsi son premier petit bonheur. Leur apporter un peu de joie la rendait heureuse. Dès qu'elle passait la porte, elle plongeait dans un autre univers.

Elle faisait toujours un point avec l'équipe médicale avant d'aller voir les enfants. Le plus difficile était de ne pas retrouver un enfant qu'elle avait vu la semaine passée, sauf lorsque cet enfant avait pu regagner sa maison, son foyer, sa vie. C'était là un pur bonheur de savoir que la maladie pouvait aussi être vaincue.

Elle enfila son nez rouge, sa salopette en jean trois fois trop grande et ses chaussures trop grosses. Sa perruque verte lui grattait la tête et elle allait s'en servir pour faire croire aux enfants qu'elle avait des poux. Cela les faisait beaucoup rire. Aujourd'hui, elle avait mis ses chaussettes blanches à pois rouges, aujourd'hui, ses chaussettes avaient la varicelle. Les enfants riaient et les parents riaient aussi. C'était une parenthèse enchantée pour tout le monde, une pause bien méritée, un arc-en-ciel après la pluie, une trêve, un répit, et devant tant de douceur, la maladie se mettait en retrait.

Pourtant, en sortant de l'hôpital, Julie sentit des larmes au coin de ses cils. Elle avait le droit de craquer, l'équipe médicale l'avait prévenue. Des psychologues se tenaient à sa disposition si elle en ressentait le besoin. Elle ne craquait jamais à l'intérieur des murs blancs.

Mais aujourd'hui était un jour sans comme elle disait, voilà tout.

Le téléphone d'Alex sonna alors qu'il était en pleine conversation avec Jacky au café des gens heureux. Il vit s'afficher sur l'écran de son téléphone « Julie » et son visage s'éclaira. Il décrocha en poussant la porte du café.

- Bonjour, c'est moi, Julie…
- Bonjour.
- Je ne te dérange pas trop ?
- Tu ne me déranges jamais.
- …
- Ça va ?
- Oui. Et toi ?
- Ça va aussi.
- Bon, j'avais juste envie d'entendre ta voix.
- Tu veux qu'on se voie ?
- Oui je veux qu'on se voie.
- Très bien. Tu veux qu'on se rejoigne quelque part ou tu veux venir chez moi ?
- Je préfère venir chez toi, je n'ai pas très envie de voir du monde. Je veux juste te voir toi.
- D'accord.
- Dans une heure ?
- OK, je t'attends.

Alex revint payer son café et partit. Il avait senti que Julie se rapprochait tout doucement et ce rapprochement le rendait heureux et léger.

Il lui ouvrit la porte, puis ses bras. Elle s'y engouffra sans un mot et il la serra très fort. Elle venait de baisser sa garde. Ils restèrent ainsi enlacés un long moment puis se reculèrent pour mieux s'étreindre ensuite. Ils s'aimèrent avec la même fougue que la première fois.

C'était son deuxième petit bonheur de la journée.

Leur histoire d'amour avait commencé en réalité le premier jour où ils s'étaient croisés au café des gens heureux sans que ni l'un ni l'autre n'en ait conscience.

Vingt années les séparaient, mais ils n'avaient que faire de ces années-là, possédant l'audace et l'optimisme des gens qui s'aiment.

Le troisième petit bonheur vint dans la soirée. Ce fut un message de Julien, l'ami d'enfance de Julie qui lui disait qu'il venait lui rendre visite prochainement. Depuis combien de temps ne s'étaient-ils pas vus ?

Elle essaya de se rappeler, mais elle n'y parvint pas. Depuis trop longtemps sans doute à ses yeux. Julien vivait entre Bordeaux et Paris et se déplaçait beaucoup à l'étranger. Son appartement bordelais se situait sur les quais des Chartrons, face à la Garonne. Julie vivait dans le quartier Saint-Michel de Bordeaux.

Alex et Julie se livraient davantage l'un et l'autre. Ils aimaient dîner chez l'un ou chez l'autre. Alex faisait la cuisine, il adorait préparer de nouveaux plats pour Julie. Ils ouvraient une bouteille de vin qu'ils savouraient délicatement. Ils pouvaient rester à parler jusqu'au petit matin.

- Depuis combien de temps vous étiez mariés ta femme et toi ?

- Vingt-cinq ans…

- Y a-t-il une recette ?

- Non, ne crois pas que j'ai été exemplaire, ne crois pas que nous étions un couple exceptionnel !

- Non ? Pourtant je l'aurais cru.

- Tu connais des couples qui s'aiment toute leur vie sans qu'un nuage vienne ternir leur beau ciel bleu ? demanda Alex.

- Et avec ta femme tu as été heureux ? demanda Julie.

Vint alors ce silence lourd, inquiétant, intrigant qui précède la réponse de l'autre, tenue en suspens, le moment où l'on se retrouve face à la nudité de son âme.

- Oui, j'ai aimé Catherine, mais j'ai connu un autre bonheur aussi, différent, plus intense…

- Avec quelqu'un d'autre ? Avant Catherine ?

- Non, après, je veux dire en même temps.

- Ta femme l'a su ?

- Pas de suite.

Ça a duré trois ans. Elle s'appelait Pauline. On s'est rencontrés aux Puces à Saint Ouen, on avait flashé sur le même fauteuil Louis XV, aucun de nous ne voulait lâcher l'affaire. Je me souviens très bien de ce jour-là, il pleuvait. Elle a commencé à me dire qu'elle ne me trouvait pas galant. « La galanterie n'a rien à voir avec ça lui ai-je répondu, il s'agit d'antiquité et d'art et je ne vois pas pourquoi je devrais renoncer sous prétexte que vous êtes une femme ! »

Et tandis que je lui parlais, elle souriait, et je me souviens que je pensais « qu'est-ce qu'elle est belle dans son vieux jean, son pull trop grand, ses manches retroussées… Elle est aussi blonde que Catherine est brune. Un visage doux, si doux…

- Vous êtes antiquaire ? m'a-t-elle demandé.

- Non, pas du tout, j'aime ce fauteuil et je le veux, mais pour vous prouver que je suis un homme galant je vous le laisse et vous propose même de vous le porter jusqu'à votre voiture.

- Entendu ! fit-elle en riant.

Et nous étions partis sous la pluie, moi emportant son fauteuil sous le bras, elle qui me guidait et m'ouvrait le passage à travers la foule.

Je me sentais inexplicablement bien en sa présence, j'ai eu l'impression de rencontrer la personne qu'il me fallait, c'était comme une évidence. À ce moment-là, elle aurait pu me demander n'importe quoi, je l'aurais fait.

Elle ne l'a pas fait, elle m'a remercié et comme je restais là devant sa voiture, elle m'a proposé de m'offrir un café pour me remercier.

- Vous obtenez toujours ce que vous voulez ? lui ai-je demandé.

- Presque toujours, oui !

- Est-ce qu'on peut se revoir ? me suis-je risqué à lui demander.

- Pourquoi pas ? a-t-elle répondu.

On s'est échangé nos numéros de téléphone, je crois que ce que je ressentais, elle le ressentait aussi. Ce fut un coup de foudre, un magnifique coup de foudre.

À ces mots, Julie éprouva de la jalousie.

- Et ça a duré trois ans ?

- Oui, on s'est quittés plusieurs fois, je lui ai tout de suite dit que j'étais marié, elle, elle ne l'était pas. Pour elle, j'ai appris à mentir, à inventer. Je partais en week-end avec elle, je prétextais des déplacements pour le boulot. On s'enfermait des journées entières pour faire l'amour, on partait à la mer, on marchait sur la plage, on mangeait des plateaux de fruits de mer, on buvait du vin blanc, on riait… j'avais l'impression de revivre. Elle respirait la joie de vivre, elle trouvait toujours les mots qu'il fallait en n'importe quelle circonstance.

- Et Catherine, tu ne l'aimais plus ?

- Si, mais pas comme ça. Ce que je veux te dire c'est qu'il n'y a pas qu'une seule façon d'aimer. Avec Pauline, ça a été la passion de suite, l'amour avec un grand A, avec Catherine, c'était tellement différent, elle me paraissait fade à côté de Pauline. Tout ce que faisait ou disait Pauline était sublime, elle avait une beauté naturelle, un charme fou, je ne pouvais plus la quitter à chaque fois qu'on se voyait.

- Pourquoi n'as-tu pas quitté Catherine justement ?

- Parce que je suis lâche.

Un silence suivit.

- Pauline, c'est toi qui l'as quittée ?

- Plus ou moins…

Notre histoire a commencé dans un café et s'est terminée de la même façon.

- Ah décidément, tu en fais des rencontres dans les cafés ! dit-elle sur un ton méfiant.

- Oui, c'est à croire que c'est un lieu qui m'est prédestiné ! répondit Alex, amusé par la coïncidence. Il poursuivit sans se rendre compte que Julie prenait peur.

- C'est toujours moins dramatique de se quitter dans un café, avec du monde autour. Peut-être que l'on se dit qu'on ne va pas se donner en spectacle en étalant sa douleur. Alors on se déclare que c'est fini en remuant son café et l'on attend d'être seul pour laisser exprimer sa souffrance. Catherine avait découvert notre liaison, je n'avais pas cherché à nier, à quoi ç'aurait servi ? demanda-t-il les yeux dans le vide. Julie le regardait et écoutait son histoire.

Elle m'a demandé de choisir. J'ai donné rendez-vous à Pauline dans un café où on avait l'habitude de se voir et je lui ai dit que ma femme était au courant. Elle m'a demandé ce que je comptais faire et je lui ai dit que je ne savais pas.

- Viens vivre avec moi …, m'a-t-elle demandé d'une voix suppliante.

J'ai fait non de la tête. Elle m'a regardé des larmes plein les yeux et m'a dit : si tu franchis cette porte en me montrant la sortie du café, je ne te revois plus jamais.

Je me suis levé et suis parti.

Oh, j'ai très vite regretté mon geste, je l'ai rappelée, des centaines de fois, l'ai suppliée, lui ai dit que je ne pouvais pas vivre sans elle, mais que je ne pouvais pas non plus quitter Catherine et les enfants. Je voulais les garder toutes les deux, j'étais incapable de choisir.

J'avais d'un côté la stabilité avec Catherine et de l'autre la passion avec Pauline. Elle m'a écrit en me souhaitant bonne route, en me disant qu'elle m'emportait avec elle.

On ne s'est plus jamais revus, je ne sais pas ce qu'elle est devenue.

- Mais pourquoi n'es tu pas parti avec elle puisque tu l'aimais ? demanda Julie.

- La peur… Peur de briser le bonheur que l'on avait elle et moi. Je ne suis pas certain que si on avait vécu ensemble on aurait eu ce même bonheur. On était heureux de se retrouver, mais parce qu'on ne partageait que les bons moments.

Les soucis de la vie quotidienne, nous ne les avions pas. Seule Catherine me connaît vraiment, elle sait tout de moi. Pauline n'a connu qu'une partie de moi, même si c'est avec elle que je me sentais le plus moi-même. Peur que notre amour s'épuise, qu'il meure.

Peur aussi de faire du mal à Catherine et aux enfants, peur qu'ils ne comprennent pas, qu'ils me jugent, qu'ils ne veuillent plus me voir. Peur de les décevoir.

Je suis tout sauf courageux.

- Et ça serait à refaire aujourd'hui tu ferais le même choix ?

- Quand j'ai perdu mon père il y a cinq ans, j'ai pris conscience de la fragilité de la vie, qu'elle ne tenait qu'à un fil, que nous étions vraiment que de passage ici-bas, tu sais certains disent toutes ces conneries sans y croire vraiment, mais moi, ça m'a fait un électrochoc. Le plus terrible c'est que je regrette mon choix, je n'ai pas peur de l'avouer.

Sitôt que l'Homme a touché le bonheur, il le fuit. Ce n'est que lorsque ce bonheur est parti et qu'il laisse place au silence, au désert, au vertige, au goût âpre, que l'homme prend conscience que le bonheur était à sa portée et qu'il l'a manqué.

Tu vois Julie, ces images, ces odeurs sont en suspens. On croit les avoir rangées dans un tiroir fermé à clé, on croit que rien ne pourra plus sortir de ce tiroir, mais c'est faux. Tout est là, prêt à surgir. Les souvenirs encombrent notre cœur et font dérailler notre vie nouvelle que l'on s'est construite avec tant de mal. Les souvenirs vous explosent en pleine figure et balayent tout votre présent en un instant. On vit sans l'autre. L'autre qui est parti, mais qui pourtant, demeure. On se surprend à fermer les yeux et à sentir son parfum, à voir ses gestes, à entendre ses mots, ses éclats de rire, ses éclats de vie, à écouter ce qu'il en reste. Et puis on fait silence, pour qui, pour quoi ? C'est idiot de ne pas faire de bruit quand on n'a plus personne qui dort à nos côtés. Mais c'est peut-être pour ne pas réveiller tous ces petits riens. Des petits riens qui sont tant.

- Et pour moi, tu sais ce que tu ressens aujourd'hui ? demanda Julie. Avec moi, as-tu envie de le reconstruire ce bonheur ?

- Oui je sais ce que je ressens et oui, j'ai envie de retrouver le bonheur, de le reconstruire avec toi. Tu sais, on fait des efforts pour ranimer sa vie, pour y mettre de nouvelles couleurs, par petites touches, pour essuyer les dernières traces collées au bout des cils. Notre cœur ressuscite pour exploser de bonheur. On se relève et on se tient debout. Un jour, une autre main se glisse dans la vôtre.

Tu es la plus belle chose qui pouvait m'arriver. Tu m'as réveillé. Je m'étais endormi dans ma misérable vie, tu y as mis les plus belles couleurs qui puissent exister. C'est ta main qui s'est glissée dans la mienne.

- Tu l'aimes encore ? demanda Julie, inquiète.

- Qui ?

- Ben cette Pauline…

- Non.

- Tu es sûr ?

- Certain.

- Pourquoi ?

- Parce que je t'ai trouvée et que tu es celle que je cherchais depuis longtemps…

Alex écoutait à présent Julie qui se dévoilait peu à peu, à son tour. Il la découvrait, et plus il l'écoutait et la découvrait, plus il se sentait en harmonie avec elle. Il aimait la douceur de sa voix, la délicatesse de ses gestes, la retenue de ses émotions, la discrétion de ses phrases, la maladresse de ses aveux, la timidité de ses envies. Tout chez elle respirait confiance, intelligence, sensualité, mais aussi fragilité et force à la fois.

Il alluma une bougie, mit de la musique, éteignit la lumière et leurs corps se rejoignirent et s'unirent au rythme de « no surprise » du groupe Radiohead.

Le lever du jour pointait sur deux corps unis, étendus sur un matelas posé à même le sol.

Julie ouvrit la fenêtre du salon qui donnait sur une petite cour intérieure et respira l'air qui était doux. Elle sortit acheter le petit-déjeuner comme si ses pieds ne touchaient plus la terre. Tout prenait un langage différent pour Julie. Les oiseaux improvisaient un concerto pour féliciter son bonheur. Et cette musique la transportait et ne la quittait pas. Elle lui donnait envie de valser et la vie d'hier ne ressemblait déjà plus à celle d'aujourd'hui. L'amour la soulevait, elle se sentait vivante.

Les réverbères dansaient autour d'elle et les arbres lui faisaient une révérence. Les passants la regardaient comme si elle venait d'un autre monde et elle avait alors envie de crier à qui voulait bien l'entendre, même à ceux qui ne voulaient pas, j'aime et je suis aimée !

Alex et Julie étaient restés plusieurs semaines sans aller au café. Ils étaient restés calfeutrés dans leur appartement. Ils se moquaient bien du temps qu'il pouvait faire, ils ne mettaient le nez dehors que pour pallier au manque de nourriture. Ils se coupaient du monde, se suffisant l'un à l'autre. Quand ils décidèrent enfin d'aller rendre visite à Jacky, ils ignoraient combien de jours s'étaient écoulés. Ils pensaient à cinq tout au plus. En réalité, ils étaient restés cloîtrés onze jours sans s'en rendre compte. Arrivés devant le café, ils trouvèrent porte close et rideaux de fer baissés. Inquiets, ils interrogèrent le boulanger qui se trouvait à proximité, mais qui ne fut pas très loquace, il savait juste qu'il était arrivé quelque chose au patron et que le fils était venu fermer le café, mais de là à savoir quoi exactement ajouta-t-il l'air blasé, il ne fallait pas non plus lui en demander trop !

Julie composa immédiatement le numéro de téléphone de Jacky. Elle retint son souffle et elle interrogea la voix masculine qui lui répondit :

- Jacky ?

- Oui. Ah c'est toi Julie...

- Oui. Je suis devant ton café avec Alex et on est très inquiets. On nous a dit qu'il t'était arrivé quelque chose ...

- Oui, je suis tombé l'autre jour, j'ai fait un petit malaise cardiaque il paraît... Je ne me rappelle de rien. Je suis tombé, paf d'un coup !

- Un malaise cardiaque ?

- Oui, oui, mais ça va maintenant, ne vous inquiétez pas les enfants !

- Tu es où Jacky ?

- Je suis encore à l'hôpital.

- On peut venir te voir ? Tu as droit aux visites ?

- Oui j'ai droit aux visites, bien sûr !

- Bon, on va passer te voir Jacky.

Ils le trouvèrent très fatigué et anxieux. Qu'allait devenir son café ainsi fermé ? Et ses clients, ses amis ? Allaient-ils changer de café ?

Alex lui répondit sans hésiter.

- Je peux m'en occuper moi de ton café !

- Toi ?

50

- Oui, moi ! Je ne travaille plus et je connais bien la maison et la maison me connaît. Le temps que tu te remettes sur pieds !

- ça alors… Je ne sais pas quoi dire …

- Eh bien, dis oui !

- Bon passe-moi ma veste qui est dans le placard je vais te donner les clefs et donne-moi un bout de papier que je te note le code de l'alarme.

5-Jardin d'hiver

Il pousse une orchidée sur mon cœur aride.
Mon encre, sous tes paupières, coule sur ton cœur nomade.

Ils étaient tous revenus quand Alex avait relevé le rideau lourd et gris, descendu les chaises des tables et fait briller le comptoir. Les amoureux du café, les épris des autres, les apeurés de la solitude, les écorchés, les généreux, les frileux, les fêtards, les déprimés, les assoiffés de bonheur.

Depuis une semaine, Alex s'occupait du café avec Patrick le serveur et Bruno le cuisinier. Jacky devait se reposer encore quelque temps avant de reprendre le travail. Après son licenciement, Alex avait traversé une longue période de doutes et de remise en question. Aujourd'hui, il semblait reprendre confiance en lui. Jacky comptait sur lui et il ne voulait pas le décevoir. Le matin, c'était lui qui allait au marché choisir les légumes frais et colorés qui respiraient bon la terre. C'était Bruno qui concoctait le menu et Alex sélectionnait les produits. Après ses journées, il faisait la comptabilité du restaurant, le soir avant de se coucher. Julie le regardait s'activer, se sentir de nouveau utile et elle le laissait faire. Quand il avait enfin terminé, il s'écroulait aux côtés de Julie qui protestait en regardant l'heure tardive. Un midi, Alex qui se tenait derrière le comptoir vit entrer trois types. L'un d'eux ressemblait trait pour trait à Joris. Alex essuyait les verres, mais ne quittait pas des yeux le gars qu'il prenait pour son ancien collègue, celui qui avait pris sa place, celui qui l'avait poussé vers la sortie. Soudain, Alex s'exclama : mais merde, c'est lui ! Patrick qui l'avait entendu lui répondit :

- Qui ça lui ?

- Tu sais mon ex-collègue, celui qui m'a fait virer pour prendre ma place, ben il est là. C'est le grand brun en costard cravate… Mais qu'est-ce qu'il fait là ?

- Eh ben, on va lui demander de partir si tu veux ? On lui dit qu'on est complet…

52

- Oui, je veux bien.

Patrick s'approcha des habitués du café qui connaissaient tous bien l'histoire d'Alex et leur dit que le Joris qui avait fait virer Alex était là et il pointa son menton vers Joris.

- Qu'il dégage sinon on le prend par le col et on le fout dehors ! s'accordèrent-ils tous ensemble.

Patrick se dirigea vers les trois hommes.

- Désolé messieurs, mais on est complet ce midi.

Joris rétorqua sur un ton hautain :

- Ah bon ? Mais pourtant vous n'avez pas grand monde !

Yvette se leva et de sa voix forte s'exclama :

- Eh bé le toquard déguisé en mariole, t'as pas compris c'qu'on t'a dit ? Faut qu'on te le dise comment ? On n'veut pas de toi ici !

- Mais je vous en prie Madame ! Je ne vous connais pas, vous ne me connaissez pas, on n'a pas élevé les cochons ensemble ! Je ne vous permets pas de me parler sur ce ton, mais pour qui vous prenez vous ?

- Oh, mais si, moi je te connais connard ! T'as fait virer un pote à moi, quelqu'un de très bien ! Et tu devrais avoir honte !

- Là ça suffit, je ne sais pas de quoi vous me parlez, mais je veux voir le patron ! Où est-il ?

Il prenait un air dédaigneux, toisant Yvette. Il s'avança enfin vers le bar et vit Alex derrière le comptoir.

- Ah d'accord... Eh bien si je m'attendais à te voir là en train d'essuyer des verres, dit-il dans un rire méprisant.

- Dégage ou on te fait sortir ! lui répondit Alex.

Tous les amis d'Alex se levèrent et saisir Joris par la cravate et le traînèrent sur le trottoir. Les yeux écarquillés et dilatés de peur, il marmonna la mâchoire tremblante « mais laissez-moi ! » et se sentit terriblement vexé que cette scène se déroule sous les yeux de ses clients qui avaient tout suivi, médusés. Ils prirent très vite congé de Joris.

- On va vous laisser régler vos petits problèmes avec vos amis...

- Mais ce ne sont pas mes amis !, se défendit-il en vain.

Les clients étaient déjà partis et le contrat ne se signa pas.

Elle ne répondait pas à ses messages depuis trois jours. Alex savait que Julie pouvait avoir des périodes de déprime et que dans ces moments-là, elle s'isolait.

Inquiet, il décida de se rendre chez elle. Il la trouva pourtant souriante lorsqu'elle lui ouvrit la porte.

- Entre, j'ai mon ami d'enfance qui est là.

Un homme d'une trentaine d'années était assis sur le canapé.

- Alex, je te présente Julien, mon ami d'enfance.

Alex s'approcha du jeune homme pour lui serrer la main. Julien se leva et serra la main qui se tendait vers lui et prit un air détaché.

- Bonjour.

Il se tourna vers Julie et s'adressa à elle, sur un ton moqueur.

- C'est lui ton mec ?

- Oh Julien, ne commence pas, veux-tu ?

- Pourquoi, ça pose un problème ? demanda Alex irrité.

- Non, ça pose pas de problème, coupa Julie, et Julien devait partir d'ailleurs !

- Ah très bien, répondit Julien, énervé par l'intervention de Julie. Il prit son blouson et partit sans un mot, en claquant la porte derrière lui.

Alex était interloqué.

- C'est qui ce type ?

- C'est Julien, mon ami d'enfance.

- Un ami ? Tu es sûre ?

Julie ne répondait pas, elle savait que Julien était plus qu'un ami, mais elle ne savait pas quoi exactement, c'était indéfinissable.

Arthur, Julie et Julien, le trio. On les appelait les inséparables. À sept ans ils faisaient le pacte de l'amitié. Julien s'était entaillé la paume de la main et avait demandé à Arthur et à Julie de faire pareil. Le sang coulait dans le creux de leur main et ils avaient mêlé leur sang en disant solennellement « Nous, Arthur, Julien et Julie, nous sommes liés pour l'éternité à compter d'aujourd'hui. Notre amitié sera à la vie, à la mort ! » Le pacte était scellé.

À la mort d'Arthur, Julie et Julien étaient restés liés. En grandissant, ils ne parvenaient pas à se séparer. À l'adolescence, une attirance réciproque s'était installée, mais elle resta platonique.

Plus tard, chacun prit un chemin différent et la vie les éloigna. Julien était devenu un pianiste reconnu. Il se produisait en concert un peu partout dans le monde, de Tokyo à Toronto, en passant par Milan. Julie suivait la carrière de son ami de loin. Quand un concert était retransmis à la télévision, elle ne le manquait pas. Petite déjà, elle pouvait l'écouter jouer pendant des heures entières sans se lasser. Elle regardait avec admiration ses longs doigts fins parcourir les touches blanches et noires. Ses mains glissaient, se promenaient de gauche à droite en sachant exactement où elles allaient. Oui elle le trouvait beau et intelligent, mais elle n'aimait pas son côté macho, insaisissable, ni son impulsivité. Mais elle aimait par-dessus tout son côté artiste, écorché vif. Malgré tout, elle n'imaginait pas sa vie sans lui.

En réalité, Julien était éperdument amoureux de Julie depuis toujours et n'avait jamais osé le lui avouer par crainte de la perdre. Alors, il essayait de l'oublier et multipliait les conquêtes sans jamais se fixer vraiment. Et puis un jour, il avait sauté le pas. Seulement, ils ne se supportaient pas. Ils s'aimaient d'un amour impossible. Ils étaient incapables d'être ensemble comme ils étaient incapables de se quitter. Alors, ils décidèrent de rester ce qu'ils avaient toujours été, des amis.

Ils s'étaient retrouvés à l'aube de leurs trente ans et ne se quittaient plus depuis. Mais Julien prenait beaucoup de place dans la vie de Julie. Elle reconnaissait qu'il s'imposait parfois trop. Elle le trouvait parfois jaloux de ses relations, mais elle en déduisait que Julien voulait la protéger, comme un frère.

- Ton ami d'enfance hein ?

- Oui.

- Il est bizarre ton ami… Tu es sûre que c'est juste un ami ?

- Oui je suis sûre.

- Pas moi.

- Bon, je te dis que si !

- Si tu le dis…

- Je le dis parce que c'est vrai !

Et elle se glissa dans les bras d'Alex, en lui serrant la taille. Ce geste mit fin à ses interrogations.

Jacky avait repris le travail, mais il était encore très fatigué. Il avait demandé à Alex de lui donner un coup de main le midi et le soir et Alex avait accepté sans hésiter.

Ce soir-là, après le service, Jacky proposa à Alex de prendre un verre. Il sentait que son ami était tracassé.

- Ça va ? demanda Jacky.

- Oui ça va. Ça va même très bien. Mais tu sais il m'est arrivé plus de choses en trois mois qu'en dix ans ! Alors, je me sens un peu chamboulé… Je n'avais pas réalisé à quel point je m'ennuyais dans ma vie. Julie a transformé ma vie, je ne suis plus le même homme. Elle est simple, drôle, sensible, fragile et forte à la fois. Elle est touchante. Elle peut passer du rire aux larmes en trois minutes, elle ne triche jamais. J'aime tout chez elle, même ses imperfections.

- Elle en a ?

- Elle peut être insaisissable, distante, changeante… Mais tout cela est une carapace, pour se protéger.

- Écoute Alex, je t'observe depuis plusieurs jours. Tu es là, tu te démènes, tu n'en peux plus, tu es épuisé. Je n'y serais jamais arrivé sans toi et je te suis infiniment reconnaissant.

Alex le regardait sans rien dire, écrasé de fatigue.

- J'ai pensé que tu pourrais aller te reposer quelques jours, poursuivit Jacky. J'ai une maison à Biarritz. Si tu veux, je te la prête.

- Ben c'est gentil, mais je ne sais pas quoi dire … Tu vas pouvoir te débrouiller ?

- Eh qu'est-ce que tu crois, hein ? T'es pas indispensable tu sais ! Non, ne t'inquiète pas, j'y arriverai. Je te préviens, il doit faire un froid de canard à l'intérieur, car elle est fermée depuis un bon bout de temps. C'est une maison qui appartenait à mes parents. Depuis que j'ai perdu ma femme, je n'y vais plus.

- Je peux emmener quelqu'un avec moi ?

- Tu emmènes qui tu veux ! Tu verras, c'est une vieille baraque, mais elle donne sur la plage, c'est très agréable.

- Alors, merci. Merci beaucoup.

Ils rangèrent les derniers verres et les dernières tasses à café. Jacky posa son torchon sur le comptoir en déclarant :

- Allez, il est l'heure d'aller se coucher ! On ferme ! »

Le café était à présent dans l'obscurité. Dehors, les lumières de la ville coloraient leurs teints livides et leurs cernes noirs viraient au mauve à la lueur des phares. Ils firent quelques pas ensemble avant de se quitter. Les rues étaient calmes, les habitants s'étaient retirés de la vie bavarde et tapageuse pour quelques heures. Ce silence était parfois interrompu par le raffut d'un chat ou d'un chien qui cherchait sa pitance au fond d'une poubelle et en renversait son contenu avant de prendre la fuite.

*

Julie était en train de griffonner sur un bout de papier la liste de tout ce qu'elle aimerait faire avec Alex. C'était sa manière à elle de se rassurer, comme si écrire ce que son cœur lui dictait c'était déjà le réaliser.

- *Faire le marché.*
- *Préparer des bons petits plats.*
- *Faire l'amour sur une plage. (ça faisait un peu cliché, mais elle ne l'avait jamais fait sur une plage.)*
- *Se promener main dans la main.*
- *Faire des photos de lui et avec lui.*
- *Prendre une maison plus grande (acheter ?) avec un grand jardin.*
- *Faire du vélo.*
- *Aller à un concert.*
- *Avoir un enfant ?*

Ce qui l'ennuyait, la faisait sourciller, lui donner envie de prendre l'air, elle l'avait noté en vert (elle avait horreur du vert).

- *Faire les magasins avec lui.*
- *Repasser ses chemises.*
- *Le voir fumer à l'intérieur.*
- *L'entendre parler de politique.*
- *Se disputer à cause du programme TV.*
- *Se marier.*

Son téléphone sonna et interrompit sa rêverie.

- Tu fais quoi la semaine prochaine ? demanda Alex.

Nous arrivions à Pâques et Julie n'avait pas envie de rendre visite à sa mère comme elle le faisait chaque année. Les fêtes de fin d'année étaient aussi un véritable enfer pour Julie. La plupart du temps, elle les passait en tête à tête avec sa mère et le repas se voulait chaque fois plus triste. Sa mère s'obstinait à faire cuire une dinde pour Noël. Julie protestait « maman, une dinde pour nous deux ! » « Tu t'en amèneras ! » lui répondait sa mère. Et elle mangeait de la dinde pendant une semaine. Oui, elle lui passait par les trous de nez sa dinde, mais elle n'osait jamais le lui avouer. Julie ressortait toujours très déprimée de ces moments passés avec sa mère. Elle ne voyait plus son père depuis longtemps, ignorait tout de la vie qu'il menait avec sa deuxième épouse. Mais elle ne pouvait s'imaginer ne plus voir sa mère ni la laisser seule. Même si elle le savait, sa présence ne changeait rien à son état qui restait toujours aussi dépressif depuis toutes ces années. Julie insistait pour que sa mère se fasse soigner et suivre par un psychologue, mais cette dernière refusait catégoriquement. Sa mère vivait dans un petit pavillon qui avait appartenu autrefois à ses parents, avec ses cinq chats qu'elle considérait comme ses enfants. Elle leur interdisait de sortir de peur qu'ils ne s'enfuient et ne reviennent jamais. La maison était sale et sentait l'urine de chats. Julie lui faisait remarquer à chacune de ses visites, mais sa mère était dans le déni de toute réalité depuis longtemps et disait à sa fille qu'elle racontait n'importe quoi.

- Je vais faire du ménage dans cette maison, ça sent mauvais maman, tu ne sens pas ? disait Julie.

- Mais qu'est-ce que tu racontes ? J'ai fait le ménage ce matin. Je le fais tous les jours.

En réalité, elle ne le faisait plus et s'était laissée dépasser par la crasse.

Dans la chambre, des vêtements recouvraient le lit et d'autres étaient répandus sur une chaise. Pour ouvrir la fenêtre, il fallait enjamber des cartons entreposés çà et là. Les chats avaient pris possession des lieux.

Julie espaçait ses visites, mais ne pouvait se faire à l'idée de devoir un jour placer sa mère en maison de retraite.

- Ce que je fais pour Pâques ? Euh, rien … Rien du tout. Pourquoi ?

- Parce que je t'emmène une semaine avec moi ?

- Où ça ?

58

- C'est une surprise ! Prépare ta valise. Je passe te chercher demain matin. An, n'oublie pas ton maillot de bains, au cas où …
- Mon maillot de bains ? Mais où va-t-on ? Au soleil ?
- Si je te le dis, ce ne sera plus une surprise !

Julie fit sa valise à toute hâte. Elle ne savait pas où Alex l'emmenait. Faire une thalasso ? D'où le maillot de bains pensait-elle. A moins que … Et s'il m'emmenait au soleil ? Aux Seychelles ? Trop loin… Aux Antilles ? Finalement, connaître la destination lui importait peu. Elle prit une robe légère, deux jupes d'été, trois tops, deux jeans et un pantalon noir, deux pullovers et elle partirait avec son trench couleur crème. Elle eut du mal à fermer sa valise et quand elle y parvint enfin, elle s'aperçut qu'elle avait oublié son maillot de bains. Elle la rouvrit et essaya tant bien que mal de caser son maillot deux pièces noir, y ajouta sa serviette de plage et de la crème solaire. Pour la première fois depuis bien longtemps, Julie se sentait heureuse.

Alex passa chercher Julie le lendemain matin. Il eut un fou rire quand il la vit avec un chapeau de paille sur la tête.

- Ben quoi ? Tu ne m'emmènes pas au soleil ? demanda-t-elle.

Deux heures plus tard, ils arrivèrent à Biarritz.

Le bleu des volets avait fané sous les rayons du soleil et la maison avait jauni. La bicoque manquait d'entretien et cette négligence lui donnait ainsi des airs de maison abandonnée, mais elle restait néanmoins charmante et atypique. Les bourrasques de vent avaient déplacé quelques tuiles rouges qu'il faudrait remplacer. La nature faisait son travail, saison après saison, et des hautes herbes sèches encerclaient la maison.

On pouvait arriver directement sur la plage en empruntant le petit portillon en bois, dont la peinture blanche s'était écaillée. Le passage secret se trouvait à l'arrière de la maison, au fond du jardin.

Les rouleaux aux reflets argentés venaient fouetter inlassablement le sable granuleux. L'écume crémeuse ondulait et leur léchait les pieds. Le ciel azuré était à peine moucheté de blanc. Le vent gonflait la doudoune vert kaki d'Alex et plaquait sa capuche à fourrure sur sa nuque. Julie se baladait en vieux jean et en pull-over, sans manteau.

Comme c'était insouciant cette façon de défier l'hiver qui ne voulait pas partir, cette manière d'accueillir le printemps qui montrait à peine le bout de son nez.

- Tu es folle, tu vas attraper froid Julie !, criait Alex. Le vent me glace les oreilles, hurlait- il en luttant contre le vent qui rejetait une nouvelle fois sa capuche en arrière.

Julie courait dans tous les sens sur la plage comme une enfant, en se moquant gentiment d'Alex. Elle levait les bras en l'air et faisait la roue sur le sable humide. Elle se relevait dans un éclat de rire en regardant Alex frigorifié.

- Le dernier à l'eau est une poule mouillée !, déclara-t-elle en ôtant ses vêtements et en étant sûre de gagner.

- Non, Julie ! Elle est glacée, tu vas attraper la mort !

Mais Julie au contraire, respirait, remplissait ses poumons d'iode et croquait la vie à pleines dents.

Elle sortit de l'eau complètement gelée. Elle grelottait et Alex lui offrit sa doudoune en guise de drap de bain.

Ils regagnèrent la maison et Alex proposa de faire un bon feu de cheminée tandis que Julie prenait une douche bien chaude.

Et sans comprendre pourquoi, tout devint assourdissant. Les mots d'Alex prirent tout à coup une autre dimension.

Ses mots arrivaient trop vite, ils la bousculaient et l'affolaient. Ils étaient brutaux, ils s'imposaient, envahissaient le monde du silence auquel Julie s'était habituée. Ses mots étaient trop grands, ils n'étaient pas dans la demi-mesure, mais dans l'extrême. Ses mots se gonflaient, vêtus de rouge, de rose, de bleu, de mauve, s'envolaient et dansaient autour d'elle.

Les mots d'Alex étaient ivres, ils titubaient, divaguaient.

- Chérie, tu veux du thé ou du café ? demanda Alex derrière la porte de la salle de bains.

Ses mots devenaient sans frontières, ils traversaient les murs.

Les miens sont si petits qu'on ne les entend pas, ils restent coincés au fond de ma gorge pensa Julie.

- Excuse-moi je n'ai pas entendu, dit Alex en passant cette fois la tête par la porte pour recueillir la réponse de Julie.

- Je prendrai du café, dit-elle enfin.

Julie sut à cet instant que ce changement allait la bouleverser jusqu'à remettre ses propres sentiments en question. Elle s'était habituée à naviguer sur la trajectoire du silence et de l'absence, avec pour seul horizon le néant, alors forcément, autant de bonheur d'un coup ça faisait chavirer sa course en solitaire. Une bourrasque de mots d'amour déferlait à présent sur son cœur asséché pour avoir trop saigné. Encerclée par des mots trop grands elle cherchait comment passer à travers eux.

Alex préparait un brunch. Ils passèrent le reste de la journée à se balader sur la plage et firent une virée en ville.

Nous étions hors saison. Les maisons et les jardins étaient vides. Les villas s'étaient secrètement endormies derrière leurs volets clos en enfermant les âmes de leurs occupants qui reprendraient vie à la saison prochaine. Les massifs de fleurs avaient triste mine, les couleurs des pétales étaient délavées. Les rues étaient désertes et grises.

Ils passèrent devant le casino, fermé lui aussi. Ils marchèrent sur la grande avenue et croisèrent quelques voitures aux capotes toutes remontées. Quelques capuchons de couleurs pointaient au loin, le long de la jetée qu'ils regagnèrent d'un pas tranquille, main dans la main. Ils allèrent jusqu'au Rocher de la Vierge puis rentrèrent. Leurs vêtements étaient trempés et leur collaient à la peau. Ils les troquèrent contre des secs. La marche avait creusé leur estomac. Ils s'affairèrent en cuisine. Alex préparait le salé et Julie le sucré. Alex avait mis un CD de Nina Simone en fond sonore et disposé quelques bougies sur la table. L'un pelait des oignons, l'autre des pommes. Les odeurs de cuisine se mélangeaient, une chaleur douce se diffusait. Tout semblait parfait.

Pourtant, Alex trouva Julie distante au dîner et cette distance perdura le lendemain, mais il ne lui fit pas remarquer. Au matin du troisième jour, Alex ne trouva pas Julie dans le lit. Elle était partie en emportant le goût de la peau d'Alex et des baisers qu'il avait déposés sur tout son corps au millimètre carré près, en emportant ainsi leurs souffles emmêlés. Elle gardait l'empreinte de ses mains qui n'en finissaient pas d'aller et de venir, de s'attarder, de revenir. Elle aussi avait laissé échapper des mots d'amour. Alex se leva et vit une lettre posée sur la table du salon.

Pardon de partir comme ça. C'était génial, tu es génial… Mais j'ai peur, ne m'en veux pas. J'ai besoin de temps. Parfois, j'éprouve le besoin d'être seule pour me retrouver. Tu vas me dire qu'il ne faut pas vivre avec la peur de ses échecs passés. Mais moi je sais que les voix du passé se couchent et se taisent puis un jour elles s'élèvent et dans un bruit sourd, prononcent inexorablement « je me souviens ». Alors les pâles figures se réveillent et reprennent de leur couleur. Les fantômes s'animent, se dressent et les scènes se rejouent. Il me faut du temps pour tourner la page et en écrire une nouvelle, mais si tu veux bien l'écrire avec moi alors je crois que j'en serai heureuse. L'autre jour je me baladais seule et je voyais des couples qui s'embrassaient dans la rue, sur un banc, et qui, enlacés, restaient à contempler quelque chose d'invisible pour les passants, mais de splendide pour eux. Je me demandais ce qu'ils regardaient, leurs yeux étaient rivés dans la même direction et j'avais beau regarder droit devant moi, je ne voyais rien. Et cette différence tient au simple regard porté sur les choses. J'ai constaté qu'on ne porte pas le même regard sur ce qui nous entoure lorsqu'on est amoureux et lorsqu'on ne l'est pas. Comme si l'amour avait le pouvoir de transformer notre vision du monde. D'une pierre on en fait un rocher, l'hiver devient printemps, la neige se change en feu ; on effeuille des pétales pour mesurer son amour pour l'autre, on joue à la marelle, à cloche-pied on brave les obstacles, on a atteint le ciel, et alors on ne touche plus terre.

Je me suis alors demandé. Qui sont donc ces Roméo et ces Juliette, ces Chimène et ces Sorel, ces magiciens, ces poètes, qui jouent leur symphonie jusque sous nos fenêtres sans jamais se soucier de nos pauvres oreilles qui fuient cette musique pour rendre sourds nos cœurs ?

Est-il possible de rentrer dans leur farandole et d'y dérober une clef ?

Qui sont donc ces Pierrot qui pour leur Colombine ont décroché la lune ?

Qui sont ces imprudents qui défient innocemment les amoureux meurtris ?

Et qu'ils sont arrogants dans leur tour de verre faisant saigner ainsi les cœurs des tragédies ! Ils abritent leur amour dans le creux de leurs mains, trouvent fortune en marchant sur des dunes, parlent un langage venu des autres cieux.

Portent-ils tous des noms destinés à l'amour, sont-ils élus pour aimer et être aimés ? Sont-ce toujours les mêmes ?

Ceux qui s'embrassent à perdre haleine sur les bancs des jardins publics, ceux qui se tiennent par la main sont-ils les mêmes que l'on retrouve quelques années plus tard devant un juge pour défaire leur union ?

Qui sont ces malheureux, ces martyrs qui passent devant ceux qui posent en vitrine ? Quand, à leurs lèvres, suspendus ils guettent leur secret.

Qui sont ces mendiants du bonheur, ces affamés de baisers qui baissent les yeux devant tant de volupté ? Toi ? Moi ? Nous ?

Pourquoi Alex le bonheur est-il si furtif et si fragile

Julie

Il lui envoya un message sur son téléphone portable et répondit à sa question :

C'est justement parce que le bonheur est furtif qu'il est fragile. L'amour est un sentiment noble, mais capricieux. Il faut le prendre quand il se présente à nous et ne pas le laisser filer.

Le garder est le plus difficile. Ça peut paraître fou, mais l'homme a du mal à s'habituer à lui.

Oui, mais la douleur, demanda Julie, *peut-on s'y habituer ?*

Alex lui répondit :

La douleur s'apprivoise, on la malaxe, on la modèle, on la tasse, on lui ordonne de se taire et quand elle est trop forte, elle laisse échapper des perles luisantes qui finissent leur glisse au beau milieu du cou, et quand sa source est tarie elle nous abandonne.

Le bonheur lui, est sauvage, insaisissable. Il est une bulle sculptée par notre souffle, qui illumine nos yeux écarquillés, que l'on veut attraper, mais qui s'évapore dès qu'on l'a effleurée. Le bonheur chasse la douleur. Je crois qu'il faut simplement y croire et faire confiance à la vie.

Alex savait qu'il faudrait du temps à Julie pour que toutes ses blessures se referment, mais il savait qu'elle y parviendrait parce qu'il ne lui lâcherait pas la main. Elle voulait taire sa relation passée avec Julien.

Julie avait aimé Julien, mais elle avait connu aussi l'attente quand il était parti. Un peu comme si, à bord d'une voiture, au beau milieu du voyage il lui avait demandé de descendre. Quoi au beau milieu de la route ? Tu me laisses là sur le bas-côté alors qu'on faisait la route ensemble ? Elle se dit qu'il allait faire marche arrière, qu'il regarderait dans son rétroviseur et qu'il allait revenir la chercher. Il ne revint pas.

Peu après, elle pensa « il va appeler » et elle resta à guetter le téléphone. Il n'appela pas.

Elle avait connu alors le manque, l'être tout entier qui réclamait l'autre, l'âme et le corps qui se tordaient de douleur, le vide, de plus en plus grand, l'absence, de plus en plus pesante, les ombres qui rôdaient autour d'elle puis qui la fuyaient.

Ces ombres, qui deviendraient plus tard fantômes du passé, reviendraient danser tels des vaudous et murmurer les sanglots éclatés d'un soir de février.

Le visage de l'être aimé perd de sa couleur, pâlit et devient peu à peu noir et blanc. On décortique alors les souvenirs, on les dépiaute, on les recolle et un jour on a envie de les chasser, de les extraire de sa mémoire. C'est ce que voulait faire Julie.

Combien de temps fallait-il pour oublier le parfum de l'amour, le goût d'une peau ? Combien de minutes, d'heures, de jours, de semaines ou de mois ? Combien pour oublier ?

Je donne tout ce que j'ai pour t'effacer pensait Julie à cette époque. Combien vaut cet amour qui ne m'appartient plus ? Combien veux-tu pour un baiser ? Combien vaut cette liberté que je t'ai rendue ? Combien veux-tu pour un dernier adieu ? Combien de mots, de caresses as-tu donnés depuis moi ? Dis, combien coûte ton indifférence ? J'achète tous tes silences. Je vends ma poésie contre un soupir. Je laisse mon âme prise en otage de ton sourire.

Elle aurait voulu lui souffler ces mots, mais l'amour ne s'achète pas, il se donne. Avait-elle trop donné ? Pas assez ? Et suffit-il d'aimer ?

Elle se souvint des mots tranchants, lancinants de Julien, avec cette distance qu'elle ne lui connaissait pas et soudain la voix de quelqu'un d'autre, la voix d'un inconnu, une voix qu'elle ne reconnaissait pas.

- Je préfère que l'on en reste là, ce n'est pas que je n'ai plus envie de te voir, mais tout me semble compliqué, je ne me retrouve pas. J'ai besoin d'espace et de liberté, je me sens comme pris au piège, je nous sens comme tous ces couples qui sont entrés dans une routine qu'ils ne voient même pas, et tu sais que je ne veux pas de ça pour nous.

C'étaient les mots qu'il avait prononcés, mais il en demeurait d'autres qu'il ne dirait pas, mais qui ne demandaient qu'à être entendus. Ces mots enfermés dans son silence criaient :

« J'ai peur, peur de moi, peur de toi, peur de l'inconnu, peur de cette vie de couple que tu désires, que tu attends, peur de ne pas être à la hauteur, peur d'être déçu, de moi, de toi. Peur de ces mêmes dimanches matins qui vont se répéter, de ces soirs où, trop fatigués par notre journée de travail respectif, nos dos se tourneront et nous aurons chacun notre côté du mur, notre côté du lit. Peur de ces jours qui deviendront monotones parce que la réalité nous rattrapera et nous fera redescendre de notre petit nuage et nous nous écraserons alors face contre terre. L'amour ne dure pas, nous le savons, nous nous voilons la face, toi peut-être davantage, mais tu le sais tout aussi bien que moi. Combien de temps ferons-nous l'effort de nous surprendre ? D'ailleurs, l'amour doit-il demander des efforts ?

Que restera-t-il quand notre amour sera épuisé ? Il sera devenu cette tendresse pathétique de tous ces couples que l'on voit à chaque coin de rue, à chaque table de restaurant réservée en l'honneur de leur dixième, peut-être quinzième anniversaire de mariage, ces mêmes couples qui n'ont plus rien à se dire, plus rien à découvrir l'un de l'autre. Lequel des deux trompe l'autre pour rompre l'ennui qui s'est glissé sans bruit ? Car l'amour un jour s'en va sans crier gare. » Julien voulait que cet amour soit immortel. Le vivre, c'était le tuer.

Julie savait que tout était différent avec Alex. Mais elle restait prudente. C'était sans doute sa façon à elle de se protéger.

Alex repeignit d'abord les volets d'un bleu provençal aux accents de mauve. Puis, il s'attaqua aux murs extérieurs de la maison et les recouvrit d'un blanc pur. Au passage, il répara le petit portillon qui menait à la plage et se remémora le moment de bonheur passé avec Julie. Quand il eut fini, il tourna les verrous, ramena les volets sur eux-mêmes, donna un dernier regard à la maison rafraîchie et la quitta sans se retourner.

6- Les petits ruisseaux

Gouttes de pluie et ronds dans l'eau,
Coulent nos vies entre les roseaux.

Après leur escapade à Biarritz et après s'être éclipsée, elle était revenue vers lui et il ne lui avait pas posé d'autres questions. Il préférait la laisser venir.

Au café des gens heureux, la vie continuait son chemin. Alex y travaillait à temps complet auprès de Jacky. Il n'avait pas revu ses enfants depuis sa séparation d'avec Catherine.

Malgré plusieurs tentatives de la part d'Alex, les deux adolescents avaient refusé de voir leur père. Ce fut Clément, l'aîné, qui appela le premier. Camille ne se sentait pas prête pour le moment.

Alex avait donné rendez-vous à son fils en ville. Clément arriva en retard, les écouteurs de son iPad sur les oreilles. Il embrassa son père.

- Je suis content de te voir dit Alex à son fils.

- Ouais, moi aussi.

- Alors, quoi de neuf ? Tu vas bien ?

- Ça peut aller.

- Et le Bac ? Ça approche dis-moi ! Tu es prêt ?

- Ouais ça va.

- Comment va ta sœur ? Elle ne veut toujours pas me voir ?

- Elle ne se sent pas encore prête. Elle t'en veut un peu d'être parti… Et puis il faut dire que maman ne nous aide pas beaucoup ! Elle est sans arrêt en train de te dénigrer, elle te remet toutes les fautes dessus ! Mais moi je sais bien qu'elle n'est pas facile à vivre ! Je me dis que tu as eu raison de partir !

- Non Clément, il ne faut pas dire ça. Tu sais, il ne faut pas chercher à savoir qui a raison, qui a tort. C'est la vie qui veut ça, c'est ainsi, c'est la faute au temps qui passe, tout simplement… On aime quelqu'un et un jour, on se réveille auprès de lui et on ne se rappelle plus pourquoi on l'a aimé. J'ai toujours de la tendresse pour ta mère, mais je ne l'aime plus d'amour, tu comprends ?

- Oui je comprends. Enfin, même si moi, je suis encore loin de tout ça, toutes ces histoires …

- Quoi, tu n'as jamais été amoureux ?

- Ben, non pas trop.

Clément rougissait un peu.

- Bah, je sais ce que c'est, tu peux m'en parler si tu veux, mais tu n'es pas obligé non plus !

- Ouais, Maeva, elle me plaît bien, mais il ne s'est rien passé pour l'instant…

- Tu as le temps, laisse faire les choses, ne précipite rien.

- Oui, je sais.

Ils passèrent l'après-midi ensemble. Ils se baladèrent à la FNAC, Clément fit découvrir à son père la musique qu'il aimait et son père écoutait avec intérêt les extraits que son fils lui collait sur les oreilles. Alex donnait son avis, comparait avec les artistes de sa génération, ils échangeaient leurs goûts, se surprenaient, se découvraient, s'interrogeaient, « et ça, tu connais ? » Demandait l'un.

- Ah non, c'est quoi ? C'est bien !

Et l'autre surenchérissait en disant :

- Attends un peu d'écouter ça, je suis sûr que tu vas adorer !

- Mais je connais déjà, tu rigoles !

- Ah et alors, qu'est-ce que tu en penses ?

- C'est trop bien, c'est clair ! C'est indémodable ça !

La complicité s'installait. Alex offrit des CD à son fils. Ils étaient heureux de partager ce moment. Le temps avait défilé si vite qu'ils ne s'étaient pas rendus compte que la fin de la journée approchait. Alex regarda sa montre.

- Bon, je te ramène ? proposa-t-il à son fils.

- Non, je vais prendre le tram, t'inquiète !

- Tu es sûr ? Je peux te ramener, tu sais !

- Ouais, ça va aller…

- Tu as peur que je voie ta mère, c'est ça ?

- Ouais, je ne sais pas si elle a envie de te voir… Toi, t'as tourné la page, mais pas elle…

- Je comprends. Je l'appellerai.

Ils se séparèrent quand le tram arriva. Alex ressentit une boule dans la gorge en quittant son fils, la tristesse le gagnait. Ses enfants lui manquaient. Il repensa à Michel, il espérait que lui aussi avait pu revoir les siens.

Clément fit un signe de la main à son père à travers la vitre du tramway puis disparut. Alex se sentit seul tout à coup. Ils s'étaient promis de se voir quinze jours plus tard et de s'appeler entre temps. Ses enfants prenaient leur envol, Alex en avait conscience. Il avait souvent entendu des parents dire sur un ton nostalgique : « on ne fait pas des enfants pour soi » quand ceux-ci partaient de chez eux, aujourd'hui, il comprenait cette phrase, ressentait le temps qui passe, le cycle de la vie qui se prolonge. Il avait l'impression de se prendre dix années en pleine figure. Finalement, il n'avait rien vu venir et avait laissé les années s'installer comme si le temps s'était figé. Il avait eu tort et il avait la sensation de ne pas avoir profité pleinement de ses enfants, de sa famille. Son travail lui avait volé son temps, son énergie et il était passé à côté de l'essentiel. Il ne pouvait pas rattraper le temps perdu, mais il pouvait aujourd'hui se rendre disponible pour ceux qu'il aimait et il comptait bien le faire.

Il avait plu dès le lever du jour. Julie accélérait le pas, elle venait de passer plus d'une heure dans les transports en commun, à respirer des odeurs âcres, à se retrouver collée contre des gens qu'elle ne connaissait pas. Julie était de mauvaise humeur. Elle devait rendre visite à sa mère qui l'avait appelée la veille. Un de ses chats qu'elle avait baptisé Mozart, avait disparu, elle en était malade. Julie, qui n'était pas allée voir sa mère à Pâques, culpabilisait de l'avoir laissée seule pour Pâques et elle lui promit qu'elle allait faire son maximum pour retrouver son chat.

Aucune rénovation n'avait été effectuée dans la maison depuis la mort des grands-parents de Julie et l'état de la maison se dégradait de plus en plus. Nicole, la mère de Julie avait soixante-cinq ans, mais en paraissait dix de plus. Elle était de petite taille et maigrichonne. Elle avait la figure pâle et des yeux sans vie et sans passion. Sa peau s'était flétrie dans le cou et sur les mains. Ses joues s'étaient creusées au fil des ans. Ses cheveux gris étaient rassemblés en un chignon qu'elle portait bas dans la nuque. Elle sortait une fois par semaine pour faire ses courses et elle ne se déplaçait qu'à pied. Elle mettait ses provisions dans une charrette en tissu écossais rouge, qu'elle tirait jusqu'à chez elle et qui la fatiguait bien moins que des sacs en plastique que son arthrose empêchait désormais de soulever.

- Bonjour maman.

- Bonjour Julie.

La mère de Julie tendait toujours une joue froide et sèche pour dire bonjour, mais n'offrait jamais de baiser.

- Alors, du nouveau depuis notre conversation téléphonique d'hier ?

- Non, Mozart n'est toujours pas rentré.

- Ah, Mozart … , soupira Julie. Et dans le grenier, tu es allée voir ?

- Il y a longtemps que je ne peux plus y monter au grenier ! Tu sais bien que je souffre des genoux…

- Je vais aller voir.

Le grenier était le gardien des plus vieux souvenirs. On y accédait par une petite échelle en passant par la cuisine. Julie y allait souvent lorsqu'elle était petite et que ses grands-parents la gardaient.

Les rayons du soleil traversaient la petite verrière et laissaient entrevoir des grains de poussière sur une vieille chaise en bois. La lumière du jour pointait timidement son nez sur la vieille malle en osier, et parmi tous les objets, meubles et bibelots, c'était elle que l'on distinguait le mieux, éclairée par les doux rayons.

Julie s'accroupit devant la malle et l'ouvrit. La magie opéra. En un battement de cils, l'enfance revint. Les poupées avaient su garder leur odeur de vanille, les livres pleuraient encore leur pauvre grand-mère dévorée par le loup ou leur "Petit Poucet" égaré. Des dés ne demandaient qu'à être relancés et les cartes, qu'à retrouver chacune leur petite famille.

Un vieux chapeau de paille orné d'une cerise vernie, une tunique blanche à carreaux rouges, un diadème rose, un peigne de poupée, deux colliers de perles multicolores finissaient de remplir la malle.

Elle se releva et scruta le lieu. Une vieille lampe verte à pétrole se tenait sur une table basse en verre, un vieux vélo d'appartement avait pris sa retraite, un coffre en bois de pin verni supportait une chaise en paille, une pile d'encyclopédies, une statue de femme africaine en bois et une vasque en porcelaine rose.

Autour d'eux, les fantômes du passé n'en finissaient pas de tourner, de valser, de tanguer, de disparaître, de réapparaître. Julie pouvait les sentir, ils étaient là devant ses yeux, mais elle ne pouvait ni les voir ni les toucher, tout juste les effleurer.

Elle mit la main sur des vieux playmobil et se revit avec son frère en train d'y jouer. Bon, je m'égare, pensa-t-elle, ce n'est pas comme ça que je vais retrouver Mozart ! Elle crut entendre un bruit. Elle appela le chat. Minou, Mozart, Mozart ?

Mais le chat restait introuvable et la curiosité se voulait plus forte que la recherche du chat perdu. Cela faisait si longtemps qu'elle n'était pas venue ici. Elle ouvrit l'armoire qui appartenait autrefois à sa grand-mère. Elle était vide et sentait le renfermé et la poussière.

Elle se cogna au coffre en bois en voulant attraper un vieux cendrier cuivré posé sur un pied en bois, qui appartenait autrefois à son père. Elle le revoyait ainsi, fumant le cigare dans son fauteuil en feuilletant le journal. Elle s'étonna que ce cendrier soit au grenier.

Elle se frotta le genou et pesta après le coffre. Des cartes routières, des cannes à pêche, des jumelles, un vieil appareil photo. Dans une boîte à chaussures gondolée, elle découvrit de vieilles photos jaunies et dentelées, de ses parents, de son frère Arthur et d'elle, souriant dans leur pull à col roulé rouge qui les étranglait et que Julie détestait. Ils étaient habillés de la même façon, Julie avait l'air d'un garçon manqué. Elle avait toujours trouvé absurde cette manie qu'ont les mères de vouloir habiller à l'identique leurs enfants, sous prétexte qu'ils sont jumeaux. Au fond, Julie avait toujours pensé que sa mère ne voulait pas de fille. Peut-être par crainte qu'elle lui ressemble et qu'elle reproduise la même vie qu'elle. Julie découvrit aussi des cartes de fête des mères, écrites à la main « bonne fête maman » avec des cœurs mal découpés et collés de travers. Alors, un immense chagrin lui monta à la gorge, lui serra la mâchoire et lui brouilla la vue. Ce n'était pas seulement de la nostalgie ou le manque lié à l'absence, c'était aussi une prise de conscience du temps qui défile et ne s'arrête jamais. À peine l'on ferme les yeux que l'on a déjà trente ans. On cligne à nouveau des yeux et une vieille femme apparaît dans son miroir. Elle allait refermer le couvercle du coffre quand elle repéra une autre boîte métallique au fond du coffre, comme si elle ne voulait pas se faire remarquer, mais plutôt rester là, au fond du coffre et dormir en paix.

Elle en sortit une liasse de lettres sans enveloppes, ficelées par un bout de laine rouge. Elle prit la première et lut.

19 septembre 1992

Mon amour,

Je t'ai regardé partir ce matin avec le sentiment que je ne te reverrai pas, que cette fois était la dernière.

Tu avais l'air distant ce matin et je me demande si tu ne vas pas me quitter. Tu as ri hier soir quand je t'ai proposé de partir avec moi, de tout laisser pour aller vivre ailleurs.

Je ne peux plus continuer ainsi et je crois bien que nous devrions arrêter de nous voir.

Je t'aime plus que tout, Coline.

À qui s'adressait cette lettre d'amour, qui ressemblait bel et bien à une rupture ?

Les autres lettres portaient la même écriture et étaient toutes signées *Coline ou Caline,* elle n'arrivait pas trop à déchiffrer.

21 septembre 1992
Mon amour,

   Ce n'est pas vrai que je ne veux plus te voir, quand je dis cela c'est pour te faire du mal, car je sais que tu souffres toi aussi. En disant cela, j'espère te faire réagir, mais hélas tu ne prends aucune décision.
   Oh, mais qu'allons-nous devenir ?
   Tu me dis que tu ne peux pas te passer de mes caresses ni de mes baisers, que tu penses à moi jour et nuit et que tu savoures chaque instant passé auprès de moi, que ces moments sont si précieux qu'il ne faut pas les gâcher par des questions. Parfois tu dis aussi que le destin s'est trompé, que c'est avec moi que tu aurais dû te marier.
   Oh si seulement il n'y avait pas ta fille, il n'y avait pas mes enfants. Mais peut-être qu'elle pourrait comprendre ? Tu sais, elle va grandir et fera sa vie à son tour. Les miens aussi.
   Réponds-moi je t'en prie, tes silences me pèsent et obscurcissent mes jours.
   Ta Coline

Julie replia les lettres qu'elle venait de lire et les replaça avec les autres, mais au lieu de les remettre au fond du coffre elle les glissa dans la poche de son pantalon.

Elle retrouva sa mère dans la cuisine. Nicole était en train de peler des pommes de terre pour le déjeuner quand elle vit Julie descendre du grenier.

- Alors, tu as trouvé Mozart ? lui demanda sa mère.

- Non je suis désolée répondit Julie qui tentait de dissimuler son émotion.

Au même instant, la tête de Mozart apparut à la fenêtre de la cuisine. Il miaulait très fort et il était affamé.

- Ah te voilà toi !, dit Nicole à son chat. Mais où étais-tu donc passé ?

- Tu attends qu'il te réponde ? demanda Julie à sa mère.

- Pff…, fit Nicole en haussant les épaules.

Julie resta déjeuner avec sa mère et repartit dans l'après-midi. Elle ne restait jamais bien longtemps.

Dans le tramway qui la ramenait chez elle, elle s'apprêta à lire la dernière lettre qu'elle n'avait pas encore lue quand le sentiment d'intrusion, de violation d'un amour caché la saisit. Devait-elle remettre ces lettres là où elles étaient ? Avait-elle le droit de les lire ? Cette situation la mettait soudain en position de voyeur et elle se sentit mal à l'aise. Elle devenait spectatrice et en même temps complice d'un amour peut-être jamais avoué au grand jour. Oui, sans doute était-il resté muet, scellant ainsi leur amour pour l'éternité. Elle portait désormais en elle ce secret, et l'emporterait avec elle. Elle l'avait partagé dès les premières lignes, dès les premiers regrets, les premières supplications de cette femme vers cet homme, cet homme qui renvoyait soudain une autre image que celle de la paternité.

Cela faisait d'elle un témoin de leur amour. Comment leur histoire s'est-elle finie ? Combien de temps a-t-elle duré ?

11 Octobre 1993
Mon amour,
L'amour est venu frapper à notre porte et aujourd'hui nous ne savons qu'en faire. Sais-tu combien d'hommes et de femmes connaissent cet amour-là ?

Aujourd'hui, je suis passée devant notre appartement que tu as loué pour nous et les volets roulants étaient bien entendu, descendus. Ces volets m'ont paru trop blancs, et froids, si froids. Qui pourrait croire qu'ils ont abrité deux amants, tels des voleurs ? Voleurs de temps, de rêves, de plaisir.

Je me suis demandé si, lorsque les volets se relèveront, avec eux, les souvenirs remonteront aussi. Car tu l'as compris, nous ne nous reverrons pas. Mais suffit-il d'un geste pour faire dérouler devant nos yeux hagards les scènes des jours heureux ?

Nous avons été des voyageurs clandestins, embarqués sur le navire de la passion, mais notre bateau a fait naufrage.

Et la lettre se finissait ainsi.

Julie ignorait à qui appartenaient ces lettres et qui en était l'auteure.

Elle était toujours partagée dans son choix à faire. Elle voulait remettre les lettres à leur place et en même temps, elle avait envie de découvrir qui était cette femme, qui avait écrit ces lettres remplies d'amour et de désespoir.

Elle imagina que ça pouvait appartenir à quelqu'un de sa famille qu'elle n'aurait pas connu, peut être cette cousine dont parlait souvent la mère de Julie, mais dont elle avait oublié le prénom. Elle se souvint que sa mère racontait souvent les histoires d'amour de sa cousine tant elles étaient rocambolesques. Dans ce cas, il faudrait les lui rendre.

Comme tous les vendredis soirs, un concert était prévu au café des gens heureux. Mais ce soir, le chanteur de jazz qui devait se produire était paniqué. Son pianiste était souffrant, incapable de jouer et le prévenait au dernier moment. Le concert devait commencer dans une heure et l'artiste voulait tout annuler.

Jacky pensa soudain à l'ami de Julie dont il ne se souvenait pas le prénom.

J'ai peut-être une solution déclara Jacky au chanteur. Jacky téléphona à Julie.

- Bonsoir Julie ? c'est Jacky.

- Bonsoir mon Jacky !

- Dis-moi Julie, j'ai besoin de joindre ton ami, tu sais le pianiste…

- Julien ?

- Oui c'est ça Julien !

- Oui. Pourquoi ? Enfin, si ce n'est pas indiscret …

- Eh bien le chanteur de ce soir est bien ennuyé, son pianiste l'a lâché ! Il est malade et lui a annoncé cela une heure avant, tu vois un peu ! Du coup, j'ai pensé à ton ami, s'il était disponible, il pourrait peut-être l'accompagner …

- Je te laisse son numéro. Appelle-le, je pense qu'il le dépannera sans problème !

- Merci Julie. On te voit ce soir ?

- Oui, je vais passer. À tout à l'heure.

Julien était arrivé. Les présentations furent brèves. Le concert avait pris du retard. Le chanteur exposa la situation et remit à Julien les partitions des chansons initialement prévues. Julien n'avait pas le temps de répéter. Il découvrit le piano droit noir laqué. Ils se lancèrent l'un et l'autre, sans se connaître. Ils partageaient cependant la même passion et le feeling était là. Le public, venu nombreux ce soir-là parut enchanté et réclama à plusieurs reprises, une autre chanson. Alex préparait et servait les boissons derrière le comptoir. Jacky se décida à inviter Yvette à danser. Yvette se balançait de droite à gauche. Alex sourit en les voyant danser ensemble. Au fond, il n'était pas étonné. Ces deux-là sont faits l'un pour l'autre, pensa Alex, mais ils ne le savent pas encore. Yvette était libre, Jacky aussi. Rien ni personne ne pouvait empêcher qu'ils fassent un bout de chemin ensemble.

Alex regarda Julie, qui était assise face à la scène.

Des filles s'étaient rapprochées du piano et voulaient s'accoudaient sur le rebord de l'instrument. Leurs yeux brillants allaient et venaient entre le chanteur et le pianiste. Complices, elles se parlaient à l'oreille et riaient de bon cœur.

Julie les observait et remarqua que l'une d'entre elles, une petite brune, faisait les yeux doux à Julien qui lui avait déjà décroché son plus beau sourire. Julie le trouva beau, vêtu d'une chemise blanche qu'il avait retroussée aux manches. Elle ne remarqua pas qu'Alex la regardait depuis un moment. Elle était bien trop occupée à guetter la fille qui avait jeté son dévolu sur Julien. Alex attendait un sourire, un geste d'elle. Elle ne le voyait pas. Ce manque d'attention l'irrita et il se dirigea vers Julie pour la sentir près de lui. Elle sursauta quand elle sentit une main lui caresser le dos. Il l'embrassa et elle posa sa tête sur son épaule.

À la fin du concert, Julien commanda bière sur bière. D'ordinaire, il avait cette capacité à s'adapter partout et à être à l'aise avec tout le monde, mais quand il avait bu un peu trop, il aimait le monde entier. Même Alex eut droit à une accolade. Les filles lui tournaient autour et il s'en amusait. Il plaisait et le savait. Il ne prêta aucune attention à Julie, du moins c'est ce qu'elle crut. Finalement, c'est avec la petite brune aux yeux verts que Julien finit la soirée. Il lui parlait dans le creux de l'oreille et la fille riait aux éclats en faisant retomber sa tête en arrière. Dès lors, elle ne le lâcherait plus. Elle se frottait à lui, lui agrippait le bras, l'entraînait à danser avec elle. Il la faisait tourner et elle se déhanchait sensuellement devant lui.

Chaque fois qu'elle levait les bras, son tee-shirt moulant remontait et laissait apparaître son nombril percé qu'elle exhibait sans complexe. Julien l'entourait de ses bras et c'est tout naturellement bras dessus, bras dessous qu'ils s'en allèrent.

Julie regardait dehors en buvant son café, adossée au mur de son salon, face à la fenêtre. Les toits retenaient quelques gouttes de pluie tombées dans la nuit. Floc. Une goutte luisante s'échappait et retombait au sol. Julie voulait remettre les lettres à l'endroit où elle les avait trouvées. Ses pensées faisaient floc elles aussi. Une idée jaillissait et retombait aussitôt.

Elle retourna chez sa mère l'après-midi. Peut-être sa mère savait-elle quelque chose ? Le plus simple était donc de le lui demander.

Le café coulait. Nicole avait sorti du placard deux tasses blanches et leurs soucoupes.

- Maman ?

- Oui.

- Ça te dit quelque chose le prénom de Coline ou Caline ?

Nicole lâcha l'assiette remplie de biscuits qu'elle avait préparée, qui se brisa en mille morceaux sur le carrelage blanc.

- Attends je vais t'aider. Fais attention, tu vas te couper dit Julie en voyant sa mère ramasser les morceaux à la main.

Sa mère ne répondit rien, elle se contenta d'aller chercher la balayette et la pelle. Elle était très pâle.

- Ça ne va pas maman ?

- Si, si, ça va.

- Tu la connaissais cette Coline ?

Le silence devenait dérangeant. L'ambiance était tout à coup pesante.

- Qui t'a parlé de ça ?

- Personne. C'est moi qui ai trouvé… C'était toi ?

Julie mit la main devant sa bouche, comme pour étouffer un cri.

- Mais, tu ne t'appelles pas Coline ?

- C'est l'anagramme de Nicole, et c'était au cas où sa femme aurait découvert les lettres …

Julie s'en voulait de ne pas avoir remarqué ce détail.

- Pourquoi ? Sa femme te connaissait ?

- Oui.

- Ah, bravo !

- Tu n'as pas à me juger ni à me faire la morale !

- Pourquoi tu ne nous as pas quittés pour le rejoindre ?

- Je vous avais, vous étiez petits, vous aviez encore besoin de moi. Et après ton frère est tombé malade…

- Tu aurais mieux fait de partir avec lui !

- Pourquoi dis-tu ça ?

- J'aurais préféré que tu partes avec lui plutôt que de rester et de n'être finalement qu'une morte vivante depuis toutes ces années.

- Je te l'ai dit, je suis restée pour vous et ton frère avait besoin de moi ! répondit-elle, le visage sévère.

- Mais moi aussi j'avais besoin de toi, maman !

- Pourquoi tu me dis ça ?

- Pourquoi ? Parce que tu n'as jamais été là pour moi. Pas un seul instant.

- J'ai perdu mon enfant ! Sais-tu ce que c'est de perdre un enfant, hein ? Sais-tu ce que ça signifie, ce que ça représente ? Non, évidemment, tu n'as pas d'enfant ! Tu n'es même pas mariée ! rétorqua-t-elle, méprisante.

- Non, tu as raison, je ne sais pas ce que ça fait de perdre un enfant, mais je sais ce que ça fait de perdre son frère, son jumeau. Et je sais ce que ça fait de ne pas avoir de mère.

- Tu devrais avoir honte de me parler sur ce ton !

À présent, Julie pleurait.

- Honte ? Mais honte de quoi ? C'est toi qui devrais avoir honte de m'avoir oubliée durant toutes ces années, de m'avoir laissée de côté sans jamais m'offrir de câlins, sans jamais me donner d'amour…

- Tu n'en avais que pour mon frère, même quand il est mort ! Mais moi, moi, j'étais vivante, moi ! … J'étais une petite fille qui avait mal, qui souffrait…

J'aurais donné ma vie pour un regard de toi, pour une caresse sur mes cheveux, pour un baiser tendre sur ma joue… J'attendais, moi, la main tendue, mais personne ne me la prenait la main. Pourquoi ? J'avais peur. Même en plein jour, j'avais peur. J'étais toute seule, tu ne me voyais pas. Dieu que j'ai été seule ! dit-elle dans un sanglot. Mon père non plus ne me voyait pas. Il s'en fichait, il est parti. Le seul qui me voyait et qui ne m'a jamais lâché la main, c'est Julien.

- Au moins, lui, il a réussi Julien ! répondit sa mère froidement. Il est devenu quelqu'un ! Pas comme toi ! De toute façon, tu n'as jamais su faire autre chose que te plaindre !

À ces mots, Julie se leva.

- Me plaindre ? Tu sais quoi maman ? Tu me fais chier ! ça fait trente-deux ans que tu me fais chier et que tu me pourris la vie.

Et elle sortit en claquant la porte derrière elle en oubliant de rendre les lettres à sa mère.

Le soir même, Julie était venue dîner au café avec Julien. Ils s'étaient installés à une table un peu isolée. Elle était encore sous le choc de la dispute qu'elle avait eue avec sa mère quelques heures auparavant. Elle en parla à Julien qui lui conseilla de prendre de la distance, de laisser passer du temps avant de la revoir.

Julie trouva son ami très mélancolique et le lui fit remarquer. Julien lui avoua qu'il reprenait la route des concerts dès le lendemain.

- Et ça ne te rend pas heureux de reprendre les concerts ?
- Si, bien sûr …

Il laissa passer un temps.

- Mais je ne te verrai plus…
- Mais si… Tu sais bien qu'on ne peut pas rester trop longtemps sans se voir !
- …
- Et c'est le fait de ne plus me voir qui te donne cet air triste ?
- J'ai l'air triste ?
- Un peu, oui…
- Te voir me rend heureux alors ne plus te voir, forcément … Tu me manques quand je ne te vois pas.
- Mais moi je te verrai à la télé, j'ai un avantage sur toi !, s'amusa Julie.
- Arrête, tu sais bien que je te déteste que tu me regardes à la télé en train de jouer !
- Pourquoi ?
- Parce qu'on filme toujours mon mauvais profil !
- Que tu es bête !, dit Julie en riant.

Alex les observait du coin de l'œil. Julien ne l'avait pas salué et faisait comme s'il n'existait pas. Il leva la main pour appeler un serveur et commander une bouteille de vin. Alex stoppa Frédéric qui se dirigeait vers leur table.

- Laisse Fred, je m'en occupe.

Julien s'adressa à Alex avec mépris.

- On va prendre une bouteille de Pessac Léognan, là, celle-ci ! montra-t-il du doigt sur la carte.
- Bien.

Alex se tourna vers Julie.

- Tout va bien mon cœur ?

- Oui ça va et toi ?

- Ça va.

Et il lui donna un baiser.

Julien leur lança un regard noir et montra son impatience quand il vit Alex parlait tout doucement dans le creux de l'oreille de Julie qui souriait.

- Bon, on est en train de dîner là, OK ? dit Julien furieux.

- Oui, mais toi tu dînes avec ma fiancée …

- Oui, mais moi je l'ai connue avant vous !

- Et ça veut dire quoi ça « je l'ai connue avant vous ! » ?

- Bon ça suffit vous deux ! stoppa Julie. Sinon je m'en vais !

Alex repartit derrière son comptoir en grimaçant puis leur apporta la bouteille de vin commandée et Julien essaya de rattraper sa mauvaise conduite, en vain.

- Excuse-moi, mais voir ce vieux te tripoter, ça me dégoûte.

- Ce vieux comme tu dis, c'est mon amoureux !

- Julie ! Il pourrait être ton père, merde !

- Et alors ? Ce n'est pas mon père !

- Tu pourrais avoir tous les mecs que tu veux et tu te prends ce ringard !

- Tu as fini ?

- Ouais, j'arrête.

- Et toi ? Tu en es où de tes conquêtes féminines ? ça y est, tu as trouvé chaussure à ton pied ?

Julien se mit à rire.

- Ouais je l'ai trouvée, mais c'est elle qui ne veut pas de moi !

Julie baissa les yeux. Elle se sentit mal à l'aise.

- Quoi ? Qu'est-ce qu'il y a ? demanda Julien amusé.

- Arrête je n'aime pas quand tu prends cet air … cynique.

- Cynique ? Mais je ne suis pas cynique. Je dis que je suis amoureux d'une fille qui ne veut pas de moi ! Je suis plutôt dépité ! Et tu sais pourquoi je te le dis ?

Julie ne répondait pas.

- Je te le dis parce que je suis bourré ce soir !

- Mais…

- Quoi, mais ? Tu aimes ce type ? Mais tu sais très bien de toute façon qu'on sera toujours liés toi et moi ! Rappelle-toi, c'est à la vie, à la mort …

- Mais on était des gosses Julien ! Ça veut plus rien dire ça aujourd'hui ! Et c'était un pacte d'amitié, pas d'amour.

- Ah bon ça ne veut rien dire pour toi ? De l'amitié à l'amour, il n'y a qu'un pas ma chère ! Tu crois que ça ne voulait rien dire pour Arthur non plus ?

- Tu n'as pas le droit de te servir d'Arthur pour justifier tes sentiments pour moi !

- D'accord.

Julien prit un couteau et s'entailla la paume de sa main gauche.

- Tiens regarde. Fais-en autant et défais le pacte alors !

- Arrête !

Julie se recula de sa chaise et le regarda droit dans les yeux, froidement.

- Tu dis n'importe quoi, tu fais n'importe quoi !

Quelques mèches de cheveux vinrent recouvrir son visage et cacher les larmes qui coulaient. La jalousie rendait Julien méchant.

- Pff, t'es même pas capable de respecter notre pacte ni de le rompre. Décidément, t'es capable de rien, juste bonne à te faire sauter par un vieux con…

Julie se leva d'un bond, ramassa son sac à main et gifla Julien. Elle sortit en pleurs et Julien la rattrapa. Alex, qui courait partout en salle et en cuisine pour servir et desservir, n'avait rien vu de la scène. Julien saisit le bras de Julie.

- Laisse-moi, je ne veux plus jamais te voir.

- Arrête tes bêtises. Et tu sais très bien qu'on ne peut pas se passer l'un de l'autre.

Oui, elle le savait.

- J'ai trouvé l'homme qu'il me fallait. Avec lui je me sens vivante. Il me protège, m'admire, me tire vers le haut. Il me fait rire, il croit en moi et il me donne de l'amour comme personne ne m'en a jamais donné.

- Et moi, je suis quoi pour toi Julie ?

- Toi … Toi… Tu n'as jamais aimé que ton piano, ta musique, toujours ta musique. Tu as toujours fui les gens et préféré t'enfermer dans ton monde musical sans jamais regarder ce qui se passait autour de toi.

- C'est faux. J'ai toujours été là pour toi.

- Oui, jusqu'à nos dix-huit ans. Et après tu es parti sans te demander ce que j'allais devenir sans toi.

- Il fallait que tu vives ta vie, que tu apprennes à te débrouiller seule.

- Mais j'ai toujours été seule ! Je suis seule ! Depuis la mort d'Arthur, Dieu que je suis seule tu sais …

- Mais je suis là et tu sais que tu peux me demander n'importe quoi !

- Eh bien je te demande de me laisser tranquille.

- Tu n'as plus besoin de moi maintenant que t'as ce type, c'est ça ?

- Non, ce n'est pas ça.

- Alors c'est quoi ?

- Chaque fois que tu es parti, tu m'as laissé un grand vide que j'ai eu chaque fois beaucoup de mal à combler.

Les deux jeunes gens se tenaient debout sur le trottoir face au café, plongés dans un profond silence, se déplaçant de temps en temps pour laisser des clients entrer ou sortir.

- Pars avec moi…, finit par proposer Julien.

- Non.

- Pourquoi ?

Julie s'approcha de Julien et lui déposa un baiser tendre sur la joue. Julien ne put s'empêcher de sourire.

- Après la gifle, la bise !

- Tu l'avais méritée !

- Et maintenant, je mérite une bise ?

Julien se rapprocha à son tour de Julie et passa ses bras autour de sa taille. Il commença par lui déposer un baiser sur sa joue puis descendit lentement dans son cou. Ses baisers étaient doux et Julie ferma les yeux. Cette douceur la faisait frémir. Il passa une main dans la chevelure de Julie et pressa ses lèvres contre les siennes. Elle sentit le désir qui montait en elle et qui l'étourdissait. Elle ne cherchait plus à lutter contre ses sentiments. Mais lorsque la porte du café s'ouvrit et laissa échapper les voix qui se trouvaient à l'intérieur, elle prit peur et se détacha de Julien brusquement.

La porte qui s'ouvrait devant elle ne s'ouvrait-elle pas aussi sur un bonheur qui n'attendait qu'elle ?

Ses yeux erraient d'un point à l'autre, hésitant quelques instants, faisant jouer son pied avec le bord du trottoir, cherchant désespérément une réponse à son dilemme. Mais ce fut Julien qui mit un terme à ce supplice du cœur.

- Je pars demain. D'ici là, tu sais où me trouver.

Et il partit, laissant Julie face à elle-même.

7- Les déclinaisons de l'amour

L'amour est le maître du monde. L'homme est son esclave.

À dix heures moins le quart le lendemain matin, elle sonnait chez lui. Passer à côté de cet amour-là était de la folie. Elle savait qu'il l'attendait. Quand il lui ouvrit la porte, elle se jeta dans ses bras sans un mot et lui ne posa aucune question.

Les yeux de Julie fixèrent cet avion qui passa dans le ciel à ce même moment.

Alex serra Julie plus fort, de peur que ce bonheur ne s'échappe.

Au même instant, dans l'avion qui l'emmenait vers New York, Julien écrivait à Julie.

Où que j'aille, je grave ton nom à chaque coin de rue.

Je ferme les yeux et me perds dans ces rues où l'on ne viendra plus. J'ai posé des barricades à l'intérieur de ma poitrine, j'ai épousé d'autres corps, j'ai essoré mon chagrin, caressé d'autres mains. Puisses-tu un jour laisser ma tête reposer sur ton épaule et partager tes lendemains ?

Il enregistra le message dans la partie « brouillon » de son téléphone, il l'enverrait plus tard, ne voulait pas le faire sous le coup de l'émotion. Il arriva à New York. Sa chambre d'hôtel lui avait été réservée. Il connaissait bien cette ville et rêvait de s'y installer. Mais être si loin de Julie l'en dissuadait. À la rigueur Paris ? se demandait-il. Il ne savait pas, il ne savait plus où il en était. Tout ce qu'il savait c'est qu'il devait donner un concert ce soir et qu'il n'était vraiment pas en forme pour se produire sur scène devant deux mille personnes.

Pourtant, il reçut les acclamations du public le soir même. Ses amis français Erwan et Judith étaient venus l'écouter jouer. Erwan était le gérant d'un restaurant de cuisine française, installé sur la cinquième avenue, et Judith ne travaillait pas. Ils retrouvèrent leur ami à la fin du concert et l'invitèrent à dîner dans leur bel appartement qui avait une vue plongeante sur Manhattan.

C'est au cours de ce dîner que Julien fit la connaissance de Lisa Bernon, femme de quarante-deux ans, mariée à Ivan Bernon, riche promoteur immobilier. Lisa cherchait un professeur de piano pour leur fils Tristan, âgé de dix ans. Les cachets que Julien percevait de ses concerts lui permettaient de vivre aisément, aussi il n'avait pas besoin de donner des cours. Il était à New York pour quelques semaines seulement. Cependant, lorsqu'il lut la déception sur le visage de Lisa, il finit par accepter. Tout compte fait, il allait peut-être finir par s'installer dans sa ville chérie.

Lisa était une jolie femme brune aux cheveux mi-longs, ondulés. Elle se sentait délaissée par son époux. Elle avait envie d'être aimée, désirée. Elle avait passé sa vie à donner, à s'occuper des autres, mais qui s'occupait d'elle ? Elle avait si souvent écouté les petits tracas de Monsieur son mari, supporté ses petits travers, consolé ses déceptions, apaisé ses angoisses. Elle l'avait tellement soutenu et encouragé lorsque, étudiant, il baissait les bras, courbait le dos et renonçait. C'est elle qui l'avait toujours relevé, elle avait assez de force pour deux, elle la puisait dans les yeux de son bien-aimé.

On la connaissait honnête, forte, solide et déterminée. On la qualifiait souvent de « beauté froide ». On voyait en elle la femme « de », jamais la femme tout court. On savait que « madame avait les moyens », on devinait son âme charitable. On disait d'elle : « Elle est généreuse vous savez, elle donne aux pauvres ».

Mais se souciait-on de savoir si elle s'ennuyait, si elle déprimait, ou quels étaient ses envies, ses besoins, ses attentes, ses rêves, ses espérances ou ses désespoirs ?

Elle en avait assez d'être une épouse modèle, une femme parfaite, une mère disponible vingt-quatre heures sur vingt-quatre, sept jours sur sept, et ce, trois cent soixante-cinq jours par an. Elle en avait marre d'être à l'écoute de tout le monde, de n'être en fait qu'une oreille. Elle avait envie d'une épaule sur laquelle elle pourrait se reposer enfin. Elle en avait assez d'être trop lisse, trop sage, elle avait envie d'être pervertie, de sentir le désir des autres hommes sur elle.

Marre d'être toujours droite, d'avoir une vie tranquille et sans tourments. Oui, elle avait envie de dévier sa route, de prendre des chemins escarpés. Elle en avait marre d'être une femme sérieuse. Elle voulait rire, s'amuser, danser, virevolter, boire et fumer. Elle avait envie de se laisser emporter par le courant, de se laisser bercer par cet enivrant bateau, de se laisser porter par cette symphonie magnifique, cette valse à trois temps qui s'accélère pour ne devenir plus qu'une valse à mille temps. Elle avait envie de se laisser emporter par ce tourbillon, de glisser dans une quatrième dimension. Elle étouffait, elle avait besoin de s'émanciper, elle avait soif de liberté. C'était une belle femme brune aux yeux bleus. Grande, mince, Julien l'observait du coin de l'œil. Il était assis très décontracté sur un accoudoir du canapé de velours ocre. Il tenait un verre de vin blanc à la main. Il écoutait d'une oreille la conversation de son ami Erwan et de l'autre, les mots que prononçait Lisa, des bouts des lèvres. Elle faisait davantage de la figuration alors qu'elle aurait mérité le premier rôle. Elle était effacée et cet effacement n'allait pas avec sa beauté imposante. C'était un paradoxe surprenant. Elle illuminait la pièce par son charme, son allure distinguée, mais son manque d'implication dans la conversation ternissait son image.

Peut-être n'avait-elle tout simplement pas d'avis sur les sujets évoqués ? Julien lui-même reconnaissait que certains sujets de conversation étaient très ennuyeux ce soir-là. Peut-être était-elle tout simplement timide ?

Il sourit en pensant que cette femme qu'il trouvait si belle devait bien s'ennuyer avec ce mari bedonnant qui fumait le cigare et se perdait dans des discussions politiques, fades et affligeantes. Sa calvitie précoce lui donnait dix années de plus que son âge véritable, mais ce détail ne le préoccupait nullement.

Julien entendit enfin le son de la voix de Lisa quand elle se risqua à prendre la parole sur un sujet qui visiblement lui tenait à cœur, à moins que ce ne soit tout simplement les propos de son mari qui la firent réagir à cet instant.

- Et avez-vous vu tous ces migrants qui envahissent l'Europe ? ! Mais quelle honte ! Mais qu'on les laisse dans leur pays voyons !, hurla Ivan en s'adressant à l'un de ses amis français, expatrié aux États-Unis, assis face à lui.

- Mais naturellement ! Je suis tout à fait d'accord avec vous mon cher ! On n'a qu'à les empêcher d'entrer ! Refermer les frontières ça c'est la solution !

- Évidemment ! répondit Ivan sur un ton méprisant.

- Mais enfin, tu ne peux pas dire ça !, intervint Lisa.

- Plaît-il ? s'offusqua son époux.

- Tu imagines bien que ces hommes, ces femmes et ces enfants quittent tout, travail, maison, toute leur vie, pour fuir la guerre, les bombardements... Où veux-tu qu'ils aillent ?

- Eh bien, c'est leur problème, pas le nôtre !, Répondit Ivan en ricanant.

- Comment peux-tu dire ça ? Toi qui as quitté la France pour t'installer à New York ?

- Ce n'est pas comparable ! Qu'est-ce qui te prend ? Il jeta à sa femme à ce moment précis un regard noir. Comment osait-elle le contredire devant son ami, pire devant tous ces gens présents dans le salon qui, il en était persuadé, écoutaient déjà ce qui se disait entre sa femme et lui.

- Tu t'es déjà mis à la place de ces pauvres gens ? poursuivit Lisa.

- Écoute Lisa, ça suffit, dit-il, sur un ton sec, bien décidé à stopper là toute conversation susceptible d'attirer l'attention de l'assemblée tout entière.

Parle plutôt de ce que tu connais. Va parler chiffons avec ta copine Judith, conclut-il en balayant l'air d'un revers de main.

Julien, qui avait suivi toute la scène, intervint.

- Eh bien, cher Monsieur, je ne vous connais pas que déjà je vous plains...

Ivan manqua de s'étouffa en avalant une gorgée de whisky.

- Plaît-il ? Vous me plaignez ?

Il se mit à rire et poursuivit.

- Grand Dieu, de quoi ?

- De votre cynisme, de votre égoïsme, de votre narcissisme, de votre machisme, de votre manque de tact, de votre bêtise surtout. Si tout était aussi simple que vous le pensez, le monde ne serait pas en guerre... Bien évidemment, il est plus facile de fermer les yeux sur ce qui vous dérange dans votre confort, vous éclabousse dans votre petite vie bien rangée et embourgeoisée. Monsieur, non seulement vous n'avez pas de cœur, mais en plus vous êtes ignare !

Julien leva la voix et déclara solennellement :

- Je vous plains d'être tout cela à la fois et je vous dis salut !

Cette phrase résonna dans le salon et saisit l'assemblée. Toutes les têtes étaient à présent tournées vers Ivan et Julien.

Julien posa son verre sur la table du salon et jeta sur Lisa un regard tendre et compatissant. Il lui glissa son numéro de téléphone écrit sur du papier blanc en lui chuchotant :

- Pour les leçons de piano…

Elle s'empara du bout de papier sans un mot. Julien salua ses amis Judith et Erwan en prétextant qu'il devait se lever tôt le lendemain matin.

Chaque invité demandait à son voisin qui était cet individu si mal élevé, si arrogant, vulgaire même dirent certains et insolent. Mais pour qui se prenait-il enfin, demanda Ivan, profondément vexé. Tout le monde parut choqué excepté Lisa qui, le sourire aux lèvres, fut conquise instantanément par ce garçon doté de charme, de bon sens et suffisamment d'aplomb pour oser affronter son époux. Elle était visiblement la seule à apprécier l'intervention de Julien et ce parti minoritaire lui convenait fort bien.

On sonna à la porte et à en croire l'insistance, ce n'était pas la première sonnerie qui retentissait. Lisa, plongée dans son monologue silencieux n'avait rien entendu et Tristan, qui s'était comme à son habitude encore enfermé dans sa chambre, le casque sur les oreilles pour épargner celles de sa mère, n'avait pas entendu non plus.

- Ça doit être ton prof, chéri ! cria Lisa à son fils.

- Bonjour, dit Julien qui attendait sur le pas de la porte, l'air décontracté. Il tenait un parapluie dans une main et un cartable dans l'autre. Quel âge pouvait-il bien avoir ? se demanda Lisa. Il faisait jeune et mature à la fois. Vingt-huit ans ? Peut-être moins ? Plus ? pensa-t-elle. En réalité, Julien avait trente-deux ans.

- Entre Julien, je t'en prie. Je vais appeler Tristan.

Tristan posa son casque à contrecœur pour saluer son professeur de piano qui lui demanda ce qu'il écoutait, plus pour engager la conversation et installer un climat de confiance que par intérêt réel pour la musique du préadolescent.

Ils allaient être amenés à se côtoyer une fois par semaine. Le jour fixé était le mardi.

Les cours se déroulaient sans accroc. Tristan était un élève assidu et Julien prenait plaisir à lui enseigner la musique. Tristan connaissait déjà un peu le solfège pour s'être essayé à la guitare. Le garçon n'était pas plus doué pour le piano qu'il ne l'avait été pour la guitare. Julien se demandait pourquoi ses parents s'obstinaient à vouloir que leur enfant joue de la musique. Sans doute que c'était bon pour leur image. Il pouvait entendre d'ici Ivan vantait le talent de son fils au milieu d'un dîner, sans même jamais ne l'avoir entendu jouer : « Oui, notre fils joue remarquablement du piano. Nous lui offrons des cours particuliers avec comment s'appelle son professeur, chérie ? » dirait-il à Lisa, avant de poursuivre « nous allons l'inscrire à la Julliard School l'an prochain ! ».

Il ignorait que le professeur de piano de son fils n'était autre que Julien, le jeune homme qui avait osé le remettre à sa place au cours d'un dîner chez des amis. Lisa le lui avait naturellement caché et il n'était jamais présent au moment où les cours se déroulaient. Lisa inventerait un prénom choisi au hasard ou même répondrait évasivement, « je ne sais plus chéri », et lui n'y prêterait aucune attention. Ce qui compterait, ce serait que les amis aient retenu que le fils d'Ivan joue remarquablement du piano et qu'il prend des cours particuliers et qu'il va bientôt entrer à la Julliard School !

Julien songeait de plus en plus à s'installer à New York. Il aimait cette ville cosmopolite et sa manière naturelle de rompre la solitude, à tout instant du jour et de la nuit. Quand il aspirait à davantage de tranquillité, Julien allait se réfugier à Central Park. Là, la ville se taisait pour laisser la nature s'exprimer. On n'entendait nul autre cri que celui des oiseaux, que le froissement de l'herbe sous le poids des pieds nus, que la brise du vent chatouiller les feuilles des érables et des cerisiers à fleurs roses. Il devait se produire la semaine suivante à Paris et pour compenser le cours qu'il ne donnerait pas à Tristan, il fixa une heure supplémentaire la même semaine.

*

Lisa jeta un dernier coup d'œil au miroir afin de vérifier si ses cheveux étaient parfaitement lissés. Elle portait un tailleur Channel. Elle s'apprêtait à sortir, quand on sonna à la porte. Elle soupira et ouvrit en se demandant qui la dérangeait au moment où elle allait partir.

- Julien ? fit Lisa étonnée.
- Qu'est-ce qu'il y a ? demanda le jeune homme. On n'est pas jeudi ? !
- Si … Mince, ce n'est pas vrai ! On a oublié de te prévenir. Oh je suis désolée, entre, entre donc ! Mais Tristan n'est pas là. C'est l'anniversaire d'un de ses copains et…il est parti dormir chez lui ce soir. Oh vraiment je suis navrée, on devait t'appeler hier soir et on a complètement oublié ! Enfin J'AI complètement oublié !
- Bon, ben ce n'est pas grave.
- Je te paierai quand même le cours pour la peine, ça te va ?
- Oh si tu veux, mais ce n'est pas la peine…
- Ah si j'y tiens. Veux-tu un café ?
- Oui je veux bien.

Il la suivit jusqu'à la cuisine. Elle se sentait maladroite, mal à l'aise de se retrouver seule avec lui. Pourquoi lui ai-je proposé un café se demanda-t-elle et s'en voulut. Et comme si son trouble était perceptible, il s'approcha lentement vers elle en sachant qu'elle ne le repousserait pas.

Il se tenait derrière elle et entoura la taille de la jeune femme de ses bras et déposa un baiser dans son cou, puis un autre. Elle se laissa faire, mais prise d'un remords soudain elle prit l'air étonné en se retournant.

- Mais, Julien qu'est-ce que tu fais ?

- Parce que tu n'en as pas envie peut-être ? demanda Julien, très sûr de lui. Il se rapprocha de nouveau.

- Si…mais…

- Mais quoi ?

- Il ne faut pas !

- Ah bon ? Pourquoi ?

- Ben voyons ! Tu es trop jeune, tu es le prof de mon fils, je suis mariée, enfin tu vois, il y a plein de raisons…

- Je ne vois pas où est le problème. J'ai envie de toi dit-il en goûtant la bouche de Lisa. Et je sais que toi aussi… Et il commença à glisser sa main sous le chemisier de la jeune femme.

Ce n'était pas des gestes incertains, mais des gestes experts. Ce n'était pas des caresses hésitantes, mais elles étaient au contraire habiles, délicates, douces et sensuelles. Lisa se perdit dans ses explications et se laissa glisser dans les bras du jeune homme.

Elle essaya de le conduire dans sa chambre, mais ils restèrent dans la cuisine et firent l'amour sur le lave-linge. Il la trouvait magnifiquement belle et le lui disait dans le creux de l'oreille. Et elle, elle avait envie de croire à tout ce qu'il lui disait, elle se sentait revivre, et se sentit encore jeune et belle. Elle dévorait ce corps musclé et ferme, cette peau lisse et parfaite.

Mais des questions se bousculaient dans la tête de Lisa. Sais-tu qu'un jour ta jeunesse se sauvera et que ta beauté se fanera, que tes beaux cheveux noirs un jour seront argents et formeront un rond au-dessus de ton crâne, que ce sourire ravageur creusera deux rides si imparfaites et si imposantes ? Non, tu l'ignores, l'insouciance de ton âge a ce pouvoir d'occulter les pensées négatives. Et sais-tu le pouvoir qu'ont tes yeux sur les femmes ? Oh nul doute, tu le sais et tu en uses volontiers. Combien de femmes as-tu rendues folles amoureuses de toi ? Combien ont souffert de ton abandon après s'être données à toi ?

Elle ne devrait pas le revoir après ça, ne pas donner de suite à cet égarement.

Julien décida d'acheter un appartement à New York. Il en avait les moyens et il ne voulait plus vivre à l'hôtel. Il aurait ainsi un pied à terre lorsqu'il reviendrait. Après quelques visites, il eut le coup de cœur pour un immense appartement qui se situait dans la soixante-deuxième rue. La pièce à vivre donnait sur le côté est de Central Park, dans le district d'Upper West Side. Il voyait Lisa deux à trois fois par semaine. Les rendez-vous avaient toujours lieu chez Julien.

Au début, elle avait hésité, prête à dire non. Et elle lui avait même refusé leur premier rendez-vous. Mais c'est elle qui le rappela une semaine plus tard et qui décida de le revoir. Elle lui racontait qu'elle s'ennuyait dans sa vie de femme mariée et il l'écoutait parler. Son mari ne faisait plus attention à elle depuis longtemps.

Julien était son premier amant. Mais elle pensait, à tort, que ce serait le dernier. Dans l'appartement de Julien, les amants se découvraient avec passion. Qu'importait la pièce, leurs corps se rejoignaient encore et encore jusqu'à épuisement. Souvent endormis à même le sol, les amants se réveillaient à l'heure où la lumière du jour devenait orangée avant de se voiler. Jamais Lisa ne s'était sentie aussi femme qu'à cette période-là.

Cette liaison la faisait revivre. Sa bonne humeur était désormais constante. Tout homme qui porte de l'intérêt à sa femme aurait remarqué ce changement radical chez Lisa. Mais son époux lui, ne remarqua pas cette soudaine joie de vivre ni ces rêveries qui la prenaient au cours d'une conversation. Pas plus ces absences au milieu du dîner, ces nouveaux sous-vêtements dentelés de noir, planqués au fond du tiroir de sa commode, mais oubliés sur le lit un après-midi. Non, il ne remarqua rien et cela arrangeait bien Lisa. Comment aurait-elle pu expliquer cette relation à son époux ? Il aurait tôt fait de conclure hâtivement que son amant recherchait une mère en elle. Et il aurait ajouté sur un ton méprisant : « Et toi, tu t'es vue avec tes dix années de plus que lui ? Tu es ridicule, voyons ! Tu n'acceptes tout simplement pas de vieillir.» C'était sans doute ce qu'il dirait et Lisa ne voulait ni ne pouvait l'entendre.

93

8-Rencontre du troisième type

On n'attrape pas une belette avec un filet de pêche.

Julie et Alex s'étaient retrouvés et ne se quittaient plus. Chacun avait laissé son appartement et ils avaient emménagé ensemble dans un appartement plus grand.

Le bonheur leur allait bien.

Elle passait le soir au café et ramenait Alex sur son scooter. Parfois, elle venait dîner avec une copine. Ce soir, elle était venue avec Sophie, une amie qu'elle avait rencontrée en voyage dix ans plus tôt et qui vivait à Bordeaux. Sophie était à présent sans emploi, sans logement et sans homme, depuis trois mois. Elle était revenue vivre chez ses parents le temps de retrouver un emploi stable, lequel lui permettrait de se reloger avec les petites. À trente-six ans, ce n'était pas une situation facile. Elle passait ses journées à repérer les petites annonces, parfois elle obtenait un entretien. Et ses journées se suivaient et se ressemblaient. Le matin elle accompagnait ses filles à l'école, ensuite elle courait jusqu'au Pôle Emploi, où la file d'attente s'étirait parfois jusqu'à dehors. La plupart du temps, l'agent d'accueil oubliait son sourire à la maison et passait sa journée dans un triste décor. Pourquoi les locaux du Pôle Emploi sont-ils aussi sinistres et froids ? se demandait Sophie. On va chercher un boulot, on ne va pas à l'abattoir ! On a besoin de gaieté, d'encouragement, de chaleur. Pourquoi ils ne repeignent pas les murs en couleurs ?

L'autre jour, le ton était même monté entre un demandeur d'emploi et l'agent d'accueil. L'homme s'énervait parce qu'on lui avait injustement supprimé ses allocations de chômage, sans raison, du jour au lendemain et l'agent d'accueil lui donnait des réponses qui ne le satisfaisaient pas et au contraire, amplifiaient sa colère.

- Monsieur, je vous répète que ça ne vient pas de nous, mais d'un problème informatique !

- Informatique ! Mon cul ! Vous n'êtes que des incapables !

- Monsieur mesurez vos propos je vous prie ! Restez poli !

- C'est ça et vous faites votre travail !

- Personne suivante !, coupa l'agent d'accueil décontenancé.

Quelle humiliation pour cet homme, pensait Sophie. Il est déjà dans une situation peu valorisante et faut qu'on le rabaisse un peu plus.

Cette humiliation, elle l'avait ressentie lorsqu'elle se délaçait dans les entreprises pour remettre sa candidature en mains propres aux secrétaires qui la regardaient de travers en prenant son curriculum vitae des bouts des doigts.

Elle se retrouvait toujours dans des situations improbables et racontait ses anecdotes à Julie. Elle avait bien essayé de rencontrer l'âme sœur sur internet ou encore en participant à des speed datings, mais elle avait dû se rendre à l'évidence, ce genre de rencontres ne lui correspondaient pas. Elle disait qu'elle ne rencontrait que des tordus, des obsédés sexuels, des hommes mariés, des pervers, des lâches, des menteurs, des dépravés, des simples d'esprit, des déprimés. Autour d'elle, les gens lui répétaient qu'elle était trop difficile et qu'à force de faire le nez sur tout ce qui se présentait à elle, elle finirait seule !

- La pire drague qu'on m'ait faite ? s'amusait-elle souvent à raconter. Un jour, à la piscine, un gars qui me regardait avec insistance finit par m'accoster au moment où je sors de l'eau et avec un sourire niais il me dit : « Attention aux mycoses ! » Je crois qu'il attendait une réponse, eh bien il l'attend encore !

- Effectivement, c'est très glamour cette façon d'aborder une femme !, répondit Julie en piquant un fou rire.

Les deux copines étaient bien parties pour une longue discussion, prêtes à refaire le monde une bonne dizaine de fois.

- C'est quoi une vie maritale ? Une maison, un mari, des enfants, un chien et une grande voiture à sept places ? Moi désolée, ça ne m'a jamais fait rêver !, dit Sophie

- Moi non plus, je l'avoue dit Julie pensive.

- Si tu savais comme je suis contente qu'un mec ne me fasse pas chier à exiger que je lui serve un verre en rentrant du boulot parce qu'il aura passé une mauvaise journée, à l'écouter se plaindre, à devoir le rassurer, à faire sa boniche, à lui repasser ses chemises, à passer derrière lui dans la salle de bains parce qu'il aura laissé ses chaussettes sales traîner par terre et qu'il aura encore oublié l'existence de la corbeille. Non, franchement, ça ne me manque pas !

Entendre « qu'est-ce qu'on mange ce soir ? » ouh là, non merci ! La LIBERTÉ ! Et ça, ça n'a pas de prix crois-moi !

Je ne t'ai pas raconté ce qui m'était arrivé cette semaine ?

- Non, rien du tout !

- Il faut que je te raconte ! Figure-toi que j'étais en retard, comme d'habitude.

Bref. Je me suis retrouvée dans les embouteillages et prise d'une humeur exécrable, je me suis mise à jurer après tous les automobilistes. Ah, j'en avais après tout le monde ! Mon regard a été attiré par une affiche superbe pour l'agence de voyages, comment elle s'appelle déjà... *Nouvelles Destinations* était apposée sur un panneau publicitaire. L'affiche montrait une porte qui s'ouvre sur un paysage de rêve, et juste en dessous cette phrase : *Partez pour un autre ailleurs.*

Tu penses bien que j'ai plongé dans l'affiche et je me suis noyée au fond de ces couleurs et de cet horizon paradisiaque et crois-moi, je ne voulais plus du tout remonter à la surface. Ma rêverie a été pourtant interrompue par un bruit sourd et une secousse à l'avant de ma bagnole. Bim. Je venais de rentrer dans la voiture de l'automobiliste qui me précédait.

- Merde, dit Julie, ce n'est pas vrai !

- Et là un homme, la quarantaine, brun, élancé, le teint hâlé et les yeux noirs, sort du véhicule (trop belle sa caisse, un cabriolet, bref !) et il commence à m'engueuler :

« Alors qu'est-ce qui vous a pris ? Vous ne voyez pas qu'on est arrêtés, que ça ne roule pas ? »

- Ben si... enfin non, je n'avais pas vu lui dis-je en sortant de ma vieille Clio. Je suis désolée, j'ai été absorbée par une affiche et je n'ai pas regardé devant moi, j'ai accéléré et boum !

- Vous avez quoi ? me demande-t-il.

- J'ai accéléré sans regarder...

- Non, vous avez dit quoi juste avant ? Vous regardiez une affiche ?

- Oui, je la trouvais tellement belle que je n'arrivais pas à la quitter des yeux ! dis-je en lui désignant l'affiche.

- C'est bien une réponse de bonne femme ça ! me répond-il ! Elle me rentre dedans parce qu'elle regardait une affiche ! Non, mais j'aurais vraiment tout entendu il a dit en soupirant. Bon, on va se garer sur le bas côté et faire un constat.

Et moi, j'ai juste marmonné, penaude ; « Oui oui bien sûr ! »

On s'est garés et lui est ressorti de son véhicule avec un constat à la main.

- Bon, de toute façon vous êtes en tort à cent pour cent, me lance-t-il !

- Ben oui je sais, je lui réponds.

- Vous êtes assurée au moins ? me demande-t-il en toisant ma vieille Clio.

Et là je lui réponds du tac au tac : « Ben qu'est-ce que vous croyez ? Que je roule sans assurance ? Pfff... Et puis quoi encore, que j'ai volé la voiture ? »

- On en a vu d'autres ! Et puis elle est déjà cabossée votre voiture !

- Comment ça elle est cabossée ? Je commençais à m'énerver.

- Là, vous ne voyez pas ? dit-il en me montrant l'aile avant droite de ma voiture légèrement enfoncée. Décidément faut vous acheter des lunettes ma parole ! ajouta-t-il.

Je ne me suis pas laissé faire !

- Non, mais de quoi je me mêle ! Ça c'est quelqu'un qui n'a pas laissé son adresse en partant ni son nom, si vous voulez savoir et je l'ai retrouvée comme ça sur un parking de supermarché.

- Mouais. En tout cas, la prochaine fois, demandez une brochure à votre agence de voyages, ça vous évitera de détourner votre attention de la route et d'avoir un autre carton !

Dans le fond, il avait raison, je ne pouvais pas lui en vouloir et j'ai quand même eu envie de rire !

- Vous avez un téléphone si y a un souci avec l'assurance ?

- Euh oui je vous donne mon portable.

J'étais un peu abasourdie et comme je tenais la tête entre mes mains le gars m'a demandé si j'allais bien.

- Oui, c'est juste que je n'aie eu que des soucis depuis ce matin et que j'en ai un peu marre. Je n'ai pas pu retenir mes larmes et je m'en suis voulu aussitôt. Pleurer devant un inconnu ce n'est pas mon truc tu sais bien.

- Faut pas vous mettre dans cet état là, c'est pas grave, ça arrive à tout le monde. Allez, ça va aller ! me dit-il.

Je crois qu'il se sentait un peu gêné de m'avoir un peu houspillée.

Donc, je me sentais toute confuse !

- Suis désolée de pleurer comme ça, c'est ridicule. Je cherchais un mouchoir dans mon sac. Il s'est dirigé vers la boîte à gants de son cabriolet et en a sorti un mouchoir en papier qu'il m'a tendu.

- Il était quand même sympa dis-moi !, s'amusa Julie.

Quel étrange petit bout de femme. Elle me rentre dedans parce que son regard a été attiré par une affiche trop belle et maintenant elle pleure ! Plutôt charmante en plus, avec ses taches de rousseur..., pensait-il le sourire aux lèvres.

Et elle se disait :

Ma pauvre fille tu viens de te faire larguer comme une vieille chaussette par un goujat de première et en plus tu causes un accident parce que tu regardes en l'air ! Oh et puis qu'est-ce qu'il est beau ce type ! En plus il est gentil finalement sous ses grands airs, c'est rare ça, un homme gentil... J'ai pas l'habitude, je tombe que sur des goujats !

- Bon si y a un souci je vous appelle, me dit-il et me demanda inquiet :

- Ça va aller ?

- Oui oui, ne vous inquiétez pas.

- Faites attention à vous ! dit-il en s'éloignant. Il a démarré sa voiture cabriolet puis a disparu.

- Quelle histoire dit donc ! s'étonna Julie.

- Mais ce n'est pas fini !

- Non ?

- Figure-toi qu'il m'a rappelée quelques jours après !

- Non ? demanda Julie à moitié étonnée cette fois.

- Si. Voici ce qu'il me dit au téléphone :

- Bonsoir je suis Stéphan Bali, l'homme à qui vous avez fait du rentre-dedans !

- Pardon ? (Bali ! Non, mais j'ai cru que c'était une blague, qu'il faisait référence à mon désir d'évasion. Mais en fait, il s'appelait vraiment comme ça !)

- Non je plaisantais, vous êtes rentrée dans ma voiture vous vous souvenez ?

- Ah oui, parfaitement. Y'a un souci avec l'assurance ? m'empressais-je de lui demander.

- Vous allez bien ? demanda l'homme en feignant de ne pas avoir entendu ma question.

- Oui très bien merci.

- Vous vous êtes remise de vos émotions ? me demanda-t-il

- Oui. Y a un souci ?

- Non, je me demandais juste si je pouvais vous inviter à boire un verre dans la semaine prochaine…

J'étais interloquée.

- Allo ? reprit-il, vous êtes toujours là ?

- Oui oui, suis là.

- Vous me trouvez gonflé c'est ça ? me dit-il.

Un peu que je le trouvais gonflé, mais au fond, il me plaisait bien !

Donc, je fais un peu la prude et je lui dis :

- Euh oui un peu. Je laisse un blanc et j'enchaîne : Mais bon pourquoi pas…

- Mardi soir, 19 heures, place Gambetta à Bordeaux ça vous irait ?

- OK, ça marche, 19 heures parfait !

- Et, vous vous êtes vus ? demanda Julie, impatiente de connaître la suite. Les histoires de Sophie étaient toujours dignes de romans.

- Oui, mais attends la suite !

- Je t'écoute !

- Le mardi arrive. Il était 19h30 place Gambetta.

Soudain, prise de panique, j'ai eu envie de faire demi-tour. Mais qu'est-ce que je fais là ? Je pensais. Et qu'est-ce qu'il m'a pris d'accepter l'invitation de cet inconnu ?

Mais je n'eus pas le temps de poursuivre mon monologue intérieur, car l'homme attendu, Stéphan donc, arriva enfin. Des traces de sueur révélaient qu'il avait couru, certainement de peur d'être en retard. Cette course lui avait procuré une mine quelque peu défaite et les cheveux hirsutes.

J'ai failli éclater de rire, mais je me suis retenue tout de même. On a fini par trouver un restaurant. Bizarrement, il me semblait beaucoup plus timide et c'est moi qui ai engagé la conversation.

- Alors cette voiture ?

- Ça y est, elle est réparée.

-Ensuite, il s'est décoincé et il a commencé à me raconter sa vie ! Mon Dieu !

Je me suis demandé alors s'il s'agissait bien du même homme rencontré une semaine plus tôt. Soit je l'avais mal vu, ce qui ne serait pas bien étonnant, d'une part parce que je suis myope et d'autre part parce que j'étais un peu sonnée par l'accident, soit ce n'était pas le même ! pensais-je. Et ensuite, je suis partie dans un délire ! ça y est j'ai trouvé, il a un frère jumeau, mais ils sont en fait faux jumeaux et celui qui est en face de moi est nettement moins charmant que l'autre, celui de l'accident. Ah le salopard, il s'est dégonflé et a préféré envoyer son frère à sa place ! Ah il ne manque pas d'air !

- Vous faites quoi dans la vie ? me demanda-t-il.

- Je suis assistante de direction. Et vous ? lui demandai-je, feignant de m'intéresser à lui.

- Antiquaire.

- Ah et ça marche bien ?

- Pensez-vous ! Mais les jeunes ils s'en foutent maintenant des vieilles armoires, ils vont chez Ikea !

- Et tandis que ma pensée divaguait, le gars continuait imperturbable. Sa voix était forte, il criait presque.

Sophie s'amusa à l'imiter.

- Il faut dire que la vie est de plus en plus chère. Tenez, pas plus tard qu'hier, j'étais dans un supermarché et je m'amusais à comparer les prix entre le mois dernier et hier ! Eh bien savez-vous...

Sophie poursuivit sa mésaventure :

- Et moi, je me disais : « Mais qu'est-ce qu'il me raconte ? Mais il n'est pas bien ce type ? Quel ennui ! Qu'est-ce que j'en ai à faire moi des comparaisons des prix ?

Je ne suis pas « releveuse de prix en supermarché ! En plus à tous les coups il est radin ! Suis sûre qu'il va me faire payer ma part ! Oh là là, mais comment je vais faire pour m'en dépêtrer ? Ah faut que ça tombe sur moi ! C'est toujours pareil, chaque fois je me fais avoir, le gars a l'air bien et puis je m'aperçois vite de l'escroquerie, il y a erreur sur la marchandise ! Désolée ma p'tite dame! Celui que vous avez vu en vitrine ? Bah y en a plus, il est déjà parti ! Fallait être plus rapide, il ne reste que ça en rayon, c'est à prendre ou à laisser ! Ben je laisse ! » Je me faisais ainsi les demandes et les réponses.

Le dîner n'en finissait pas. Et il continuait à me poser des questions.

- *Vous avez des enfants ?*
- *Oui, j'ai deux filles.*
- *Ah bon, parce que moi j'en ai pas, j'en ai pas voulu et j'ai pas envie d'assumer ceux des autres, que ce soit sur le plan financier comme sur le plan éducatif.*

Et là je me suis dit : Super, je vais essayer de le dégoûter pour qu'il me fiche la paix !
- *Mes filles ont des caractères très difficiles, vous savez.*
- *Ah bon ?*
- *Oui, elles sont très capricieuses et réclament tout le temps quelque chose ! Et puis qu'est-ce qu'elles me coûtent cher !*

Le gars s'est tu et a pâli.

L'addition est enfin arrivée et il l'a examinée en long, en large et en travers ! Puis, s'adressant à moi, me dit sur un ton interrogateur, mais qui ne pouvait laisser aucun autre moyen de réponse que l'acquiescement : *On partage ?* Il a eu fini d'enfoncer le clou crois-moi !

Lorsqu'il m'a proposé de me raccompagner à ma voiture, je n'ai pas pu m'empêcher de répondre un « oui, avec plaisir ! ». Je crois alors qu'il a compris qu'il ne me tardait qu'une chose, c'était de partir ! Je lui ai claqué ma portière au nez et j'ai démarré en trombe le laissant ainsi les bras ballants.

Les deux copines restèrent à discuter au café jusqu'à sa fermeture. Sophie rentra tard dans la nuit chez ses parents, un peu éméchée. Elle réalisa qu'elle avait oublié les clefs de la maison de ses parents.

Elle poussa un « merde » puis se reprit. Elle avait laissé la fenêtre de sa chambre entr'ouverte, avec un peu de chance sa mère n'aurait pas fermé les volets ni la fenêtre. Seulement sa chambre était au premier étage !

Elle se mit en quête d'une échelle, l'abri de jardin était fermé à clé. La lune pleine éclairait le jardin. Elle s'empara d'une chaise de jardin. Maintenant, se dit-elle, je n'ai plus qu'à m'accrocher au lierre qui longe ma fenêtre et à saisir le rebord pour ouvrir la fenêtre et me précipiter dans mon lit ! Elle saisit le lierre, se retrouva bientôt suspendue quand soudain, le lierre lâcha.

Un bruit sourd accompagné d'un cri retentirent et provoquèrent l'inévitable. Toute la maison était à présent réveillée par les frasques de Sophie qui, un instant, crut retrouver ses quinze ans lorsqu'elle faisait le mur pour retrouver ses copains. Seulement les quinze ans étaient bien loin maintenant et sa jambe le lui rappela. J'ai vraiment perdu en souplesse, marmonna-t-elle.

- Mais Sophie, qu'est-ce que tu fais par terre dans le jardin à trois heures du matin ? demanda son père qui lui tendit la main pour la relever.

- Mais qu'est-ce qui se passe ? s'alarma sa mère, elle a bu ou quoi ?

- Mais non je n'ai pas bu maman ! râla Sophie et cesse de me traiter comme une gamine !

- Mais c'est toi qui joues les gamines, rétorqua sa mère.

- Oui bon ça va, la porte était fermée et j'ai oublié mes clefs, et comme je ne voulais pas vous réveiller j'ai voulu escalader pour passer par la fenêtre.

- Ah ben ça c'est raté, même tes filles sont réveillées !

Sophie voulut se lever, mais elle ne pouvait plus poser son pied gauche par terre.

- Je crois que je me suis cassé la cheville, déclara-t-elle.

Alex appela Catherine.

- Allo, oui c'est moi, dit Alex.

Cette phrase résonnait comme quelque chose d'intime, de familier. C'étaient des mots qu'il utilisait jadis, quand ils étaient toujours ensemble. « C'est moi » montrait inconsciemment qu'il était encore proche, qu'il n'était pas tout à fait parti. Et Catherine le releva.

- Bonjour, comment vas-tu ?

- Je vais bien, merci. Toi aussi ?

- Oui, écoute, ça va.

- Bon, tant mieux…

- Tu voulais quelque chose de particulier ? demanda-t-elle très calmement.

- Non, juste savoir comment tu allais.

- Si tu veux, on peut se voir, juste comme ça, pour parler je veux dire. Enfin, si tu en as envie bien sûr…

- Oui, pourquoi pas ?…

- Et si tu venais déjeuner dimanche midi ? Il y aura les enfants. Je pense qu'ils seront ravis de te voir. Clément m'a raconté qu'il t'avait vu l'autre jour. Il était content, tu sais. Il m'a parlé de toi comme jamais. Ill m'a dit que tu avais changé, que tu étais beaucoup plus cool qu'avant, que tu lui avais offert un CD aussi !

- Ah, je suis cool parce que je lui ai offert un CD ?!, plaisanta Alex.

- Non, mais vraiment il était ravi de t'avoir vu et il t'a trouvé en pleine forme ! À croire que ne plus être avec moi te réussit …

Il y avait soudain une pointe de méchanceté et de jalousie dans la voix, mêlée à de la tristesse.

- Arrête Catherine, tu sais bien que non.

- Je sais bien que quoi ?

- Que ce n'est pas le fait de ne plus être avec toi qui fait que je me porte bien !

Il ne voulait pas lui faire de mal. Il n'allait quand même pas lui dire qu'il revivait depuis qu'il s'était séparé d'elle. Ils avaient pris deux chemins différents et c'était tout. Tout au moins, c'est ce qu'il lui dirait pour ne pas la heurter, il savait sa susceptibilité, il la ménageait.

- Tu veux venir dimanche alors ?

- Oui, avec plaisir.

Il arriva vers midi. Il avait les bras chargés d'une bouteille de vin et de petits gâteaux qu'il avait achetés chez le meilleur pâtissier de Bordeaux, dit-il. Il s'entendit dire cela et il se dit ça y est, je recommence à faire comme Catherine. Il fallait toujours que tout soit parfait avec elle et que tout soit toujours le meilleur de, la plus belle de… pourquoi fallait-il mettre des superlatifs à tout ? Avec Julie il n'en mettait jamais, sauf quand il parlait d'elle, parce qu'il trouvait que oui, c'était la plus belle personne qu'il avait rencontrée de toute sa vie.

Catherine s'était mise en quatre pour ce repas et elle s'était apprêtée comme pour une soirée d'un trente et un décembre. Alex était venu en jean et chemise, très décontracté.

- C'est vrai que tu as changé lui lança-t-elle en le regardant ouvrir les huîtres, il a raison ton fils, tu es plus… Elle cherchait ses mots et l'adjectif adéquat.

Ça y est, elle recommence avec ses superlatifs !, pensa Alex.

Elle reprit :

- Tu es moins, enfin bref, je te trouve très bien, plus cool, ça y est ! Je cherchais l'adjectif adéquat !, dit-elle en se marrant.

Camille et Clément descendirent de leur chambre embrasser leur père et le repas commença dans la bonne humeur. Mais Camille semblait soucieuse et faisait la moue.

Son père lui demanda comment se passait le lycée, mais elle resta évasive. Alex qui sentait bien que sa fille n'était pas bien dans ses baskets, cherchait à savoir ce qui n'allait pas et lui posa d'autres questions.

- Bon, c'est bon là ? demanda-t-elle avec agressivité. Tu vas me saouler encore longtemps avec tes questions ?

- Tu me parles sur un autre ton je te prie !

- C'est bon, j'ai plus quatre ans !

Non tu n'as plus quatre ans, mais tu es toujours ma fille et je suis ton père et à ce titre, tu me dois encore le respect !

- Ça va, qu'est-ce que tu me prends la tête, je te respecte, c'est bon !

- Non quand tu me parles comme ça tu ne me respectes pas ! Tu t'entends parler ou pas ?

- C'est bon, tu te casses pendant six mois et tu reviens pour faire ta morale ! Vas y fous moi la paix, retourne d'où tu viens ! Et tu sais quoi, c'est moi qui me casse pour la peine !

Et elle monta dans sa chambre.

- Camille, tu ne parles pas comme ça à ton père !, cria Catherine, dépassée par la tournure que prenait le repas.

- Qu'est-ce qu'elle a ? demanda Alex. Elle m'en veut parce que je suis parti c'est ça ?

- Elle a quinze ans surtout !

- Mais tu as entendu sa façon de parler ?

- C'est comme ça depuis six mois, je ne sais plus quoi faire avec elle, je me sens dépassée. Et elle quitta la table en pleurs.

- Bon, je peux sortir de table ? demanda Clément.

- Oui, lui répondit son père.

Alex rejoignit sa femme qui s'était réfugiée dans la cuisine et qui séchait ses larmes dans un torchon.

- Allez, ça va s'arranger, lui dit-il en la prenant par les épaules.

Catherine se précipita dans les bras d'Alex. Elle pleurait à présent contre sa poitrine.

- Oh, c'est dur tu sais, toute seule. J'ai besoin de toi, j'ai besoin de toi.

Et elle essaya de l'embrasser sur la bouche, mais Alex resta distant.

- Je suis là, tu sais que je suis là.

- Mais non tu n'es pas là !

- Oui, mais quand tu as un souci comme ça, tu peux m'appeler et je peux venir lui parler.

Je vais aller lui parler, j'attends juste qu'elle se calme.

- Si tu pouvais lui faire un peu la morale, parce que moi, je n'en peux plus là. Elle est susceptible, on ne peut rien lui dire, même son frère ne peut rien lui dire !

- Ne t'inquiète pas, ça va aller.

Et il lui donna un baiser sur la joue. Elle tiqua un peu, mais elle n'osa rien dire.

Alex monta parler à sa fille qui était avachie sur son lit, les écouteurs sur les oreilles.

- Je sais que tu m'en veux d'être parti. Je peux t'expliquer si tu veux...

- Si tu veux..., dit-elle en reniflant.

- J'ai perdu mon boulot et au lieu de l'avouer à ta mère, d'être franc, je lui ai menti. Je lui ai menti parce que j'avais peur de la réalité et que je ne voulais pas l'affronter. Pendant trois mois, j'ai fait semblant. Mais pendant ces trois mois, j'ai beaucoup réfléchi et je me suis aperçu que la vie que je menais ne me correspondait plus. Et la vie que je partageais avec ta mère ne me correspondait plus non plus, depuis longtemps, mais je me mettais un voile devant les yeux, je ne voulais pas voir.

Ce n'est pas de la faute de ta mère, ce n'est pas de la mienne non plus. Il ne faut pas chercher de coupable et s'il y en a un, crois-moi, ce serait tout simplement la faute au temps qui passe, rien d'autre. Il ne faut pas nous en vouloir, autant à ta mère qu'à moi.

Et je dirai même, encore moins à ta mère, car c'est moi qui ai pris cette décision de partir, pas elle.

- T'es pas parti pour une autre femme ?

- Non, je suis parti pour me retrouver, je ne suis pas parti pour quelqu'un d'autre.

- Et tu t'es retrouvé ?

- Oui, j'ai retrouvé un sens à ma vie, que j'avais perdu. J'ai retrouvé un autre boulot...

- Tu fais quoi ?

- Je travaille dans un café brasserie...

- Ah ouais ?

- Oui, ça n'a rien à voir avec ce que je faisais avant, je te l'accorde !

- C'est clair !

- Mais c'est un endroit super sympa, on y organise des concerts le vendredi soir...

- Ah ouais ? Cool !

- Ouais c'est cool ! Tu pourras venir si tu veux !

- Ah ouais, carrément !

- Et tu fais quoi ? Tu sers les clients ?

- Je fais un peu tout, sauf la cuisine. Je travaille avec un gars qui s'appelle Jacky, c'est le propriétaire. Mais il veut vendre son café pour partir à la retraite et je crois que je vais lui acheter son café !

- C'est vrai ?

- Oui.

- Maman le sait ?

- Non, je ne lui ai pas encore dit.

- Et après il sera rien qu'à toi ?

- Oui, rien qu'à moi et pour vous, plus tard. Si vous voulez le vendre ou le garder, c'est vous qui verrez.

- Ah non moi je le garderai c'est sûr ! Ah je suis trop contente pour toi papa !

Et elle l'embrassa tendrement et il lui sembla qu'il retrouvait sa petite fille.

- Tu viens, on va le dire à maman !, dit-elle

- Bon, si tu veux.

- Et Clément, il le sait lui je suis sûre !

- Non, pas du tout ! tu es la première à qui je le dis !

Ils descendirent l'escalier à vive allure et en riant. Catherine avait séché ses larmes.

- Ah bon ? dit Catherine étonnée.

- C'est cool, hein maman ?

- Oui, ben écoute, si ça plaît à ton père …

- Ouais hein papa que t'es heureux ?

- Oui c'est vrai, ça me plaît beaucoup…

- Même que papa il a dit que ça serait pour nous plus tard !

- Oui bon, on n'en est pas encore là dit Catherine irritée par l'enthousiasme soudain de sa fille envers son père.

- Je peux appeler Emma maman s'te plaît pour lui raconter ?

- Oui, dit Catherine en soupirant.

Camille remonta dans sa chambre, euphorique.

- Ah, ben bravo, je vois que tu lui as bien bourré le crâne de conneries !

- Mais pas du tout, qu'est-ce que tu racontes ?

- Si enfin ! C'est quoi cette connerie de bar ? Tu tiens un bar toi maintenant ? C'est nouveau ça !

- C'est pas un bar comme tu dis, c'est un café où des artistes se produisent, où l'on fait des expositions, où l'on peut manger aussi. Où l'on rencontre des gens sympas, simples, cultivés, charmants ...

- Bah, des arsouilles oui surtout !

- C'que tu peux être coincée je te jure !

- Pardon ?

- Oui, tu as parfaitement entendu, tu es coincée !

- Oh, mais non, pas du tout !

- Écoute, en venant ici je pensais que ça serait une bonne idée, mais en fait, je verrai mes enfants sans toi dorénavant !

- J'ai vu Pierre pour le divorce, enchaîna-t-elle.

- Ah, Pierre ! Comment va-t-il ?

- Très bien. Il nous conseille de prendre le même avocat pour nous éviter les frais. Puisqu'on est d'accord sur le fait que tu me laisses tout…

- Eh bien, on prendra le même avocat, s'il n'y a que cela pour te faire plaisir !

Il se leva et alla dire au revoir à Camille et Clément et ils fixèrent tous trois un prochain rendez-vous chez Alex.

9-Le baiser parapluie

Je veux bien essayer d'abriter de mes mains nos amours diluviennes, mais je ne peux me faire reine de nos amours assassines.

Lisa était tombée très amoureuse de Julien. Pourtant, il l'avait prévenue, elle ne devait pas s'attacher à lui. Il aimait ces moments partagés, certes. Mais elle était mariée et lui aimait une autre fille qui s'appelait Julie, mais c'était un amour impossible, il ne voulait pas lui en dire davantage. Elle aurait pu quitter son mari que les sentiments de Julien seraient restés les mêmes. Pourtant, elle se sentait piégée, embusquée, dépendante. Elle se sentait devenir molle, pendante, misérable, pitoyable. Comment faisait-on pour désaimer quelqu'un ? Y'avait-il un remède, une méthode ? Est-ce que ça se trouvait sur Internet ? Y avait-il un guide en 10 leçons ? se demandait-elle. Y avait-il des cures de désintoxication d'amour ?

Elle guettait, elle espérait, elle s'impatientait, elle désespérait, elle courait, et puis elle s'essoufflait. Et puis, il arrivait, il apaisait sa soif, rassasiait sa faim. Elle s'abreuvait à ses lèvres, se nourrissait de sa peau. Elle revoyait sa vie en rose et inventait des couleurs rien que pour lui.

Lisa avait rejoint Julien à Paris alors qu'il était en tournée. Elle avait à lui parler. Devant tant d'insistance de sa part, il avait fini par lui donner le nom et l'adresse de son hôtel ainsi que son numéro de chambre.

Elle était arrivée à la fois amoureuse et furieuse, car il était resté plusieurs semaines sans lui donner de ses nouvelles.

Elle ressemblait soudain à une marionnette qui s'agite. Ses bras remuaient dans tous les sens, s'élevaient, s'arrondissaient, faisaient des demi-cercles, des demi-tours, ses mains caressaient l'air, on aurait dit un ballet. Il voyait ses lèvres rouge carmin bouger, mais aucun son ne parvenait jusqu'à lui. Il l'imaginait sur scène à l'Opéra Garnier.

Puis il entendit quelques bribes de phrases çà et là :

- ... je suis quoi moi ? Hein ? Tu peux me le dire ?

109

… depuis des mois…

… toujours pareil…

… monsieur s'en va, monsieur revient…

… et moi pauvre conne…

Puis, rien que des mots esseulés :

… marre… malheureuse…

Elle est belle, pensait-il, si belle, même en colère et peut être même encore plus belle en colère. Ses grands yeux bleu clair s'écarquillent et le bleu s'assombrit dessinant la colère et chassant la douceur singulière de son regard, telle une tempête qui s'abattrait sur une mer calme.

Il entendit enfin une phrase qu'elle avait déjà prononcée, mais qui, se heurtant au silence qu'elle avait pris pour de l'indifférence, revint à la surface pour bien montrer toute l'importance qu'elle accorderait à la réponse.

- Mais enfin, qu'est-ce que je suis pour toi ?

À cette question, des kilomètres de mots pointèrent leur nez à l'horizon et se bousculèrent les uns contre les autres. Ils se cognaient entre eux, un mot en chassait un autre, puis un autre surgissait et disparaissait aussitôt, si bien qu'aucun d'eux n'était finalement capable de définir la place que Lisa occupait dans le cœur et dans la vie de Julien.

Il compara la mélodie des mots et des plaintes de Lisa à un véritable orchestre dont elle était incontestablement le chef, lui se voulait simple spectateur.

Elle aimait l'ivresse de ses mots, la douceur de sa voix, la fougue de ses gestes, l'arrogance de sa jeunesse et elle succombait à ses pensées les plus folles, à ses baisers si suaves. Il taisait ses promesses, il oubliait ses lendemains. Il lui offrait sa poésie et elle la buvait sans retenue. Parfois elle retenait le mot de trop pour éviter qu'il ne s'échappe et elle rangeait sagement son amour quand il lui disait qu'il ne fallait pas qu'elle s'attache à lui.

Elle fit alors ce que bon nombre de maîtresses font lorsqu'elles sentent leur amant filer entre leurs mains, elle le menaça de parler à Julie. Elle s'entendit prononcer la phrase, mais ne reconnut pas ses propres mots. Est-ce moi qui viens de dire cela ? se demandait-elle.

Perdre celui qu'on aime devient à tel point insupportable que l'on en perd simultanément la raison ? Est-ce le désespoir, la peur, l'inconscience, l'anéantissement, la colère, la souffrance qui lui firent prononcer cette phrase qui n'était finalement autre qu'une bouteille jetée à la mer, un cri de douleur ?

- Et à quoi cela t'avancerait de le lui dire ? Elle n'y est pour rien et tu le sais.

- Je veux que tu choisisses entre elle et moi. Si tu ne m'aimes pas, c'est à cause d'elle.

- De toute façon, tu es mariée non ?

- Un mot de toi et je le quitte.

- Je ne peux pas t'offrir ce que tu attends Lisa, j'en suis désolé. Pardonne-moi, mais je pensais que j'avais été clair avec toi. Je ne suis pas amoureux de toi. Tu me plais c'est vrai, mais il s'agit d'une attirance physique, rien de plus. Pardon si je t'ai faite souffrir, je ne le voulais pas, je t'assure.

Il referma la porte derrière lui et laissa Lisa dans cette immense chambre meublée, mais vide de lui.

Julien errait depuis près de deux heures dans les rues de Paris. Perdu dans ses pensées il ne s'apercevait pas qu'il était déjà tard et que la nuit commençait à tomber.

- Ce n'est pas la peine d'être aussi beau si c'est pour avoir l'air aussi triste, lâcha un mendiant assis en tailleur contre le mur d'un immeuble. Approche ! Les gens pensent que la pauvreté est une maladie contagieuse. Ils n'osent pas s'approcher de vous, ni vous regarder et encore moins vous parler de peur d'être contaminés.

Julien sourit et s'approcha de l'homme pour lui donner un billet de cent euros. En se penchant, il vit que le vieil homme avait un œil voilé et n'y voyait que de l'autre.

- Pourquoi es-tu si triste ? lui demanda le mendiant.

- Je ne sais pas, répondit Julien.

- Tu t'es égaré … et me voici sur ta route !

- On peut dire ça …

- Tu ne sais plus comment repartir ni quelle direction prendre ?

- Non je ne sais plus …

- Ouvre les yeux et le chemin t'apparaîtra. Ouvre tes bras et l'enfant s'y blottira.

111

Julien ne comprit pas bien ce que le mendiant lui disait. Sans doute avait-il trop bu et divaguait. Il commençait à s'éloigner quand il entendit le vieil homme lui dire :

- Et merci pour ton billet mon garçon, je m'offrirai un bon repas chaud dans un bon restaurant ce soir. Au fait, non je ne suis pas saoul, je ne bois jamais d'alcool.

Julien continua son chemin sans se retourner, mais un peu gêné, comme s'il avait été pris en flagrant délit de médisance, comment avait-il fait pour lire dans mes pensées ? se demanda Julien.

La ville de Paris avait lancé un appel à projets photo dont le thème cette année était l'Inde. Julie avait été présélectionnée puis avait remporté le concours et ses photos allaient être exposées en plein air. Elle avait pris le TGV et voyageait seule. Alex avait trop de travail au café, il était resté à Bordeaux.

Julien ne donnait plus de nouvelles à Julie depuis son départ pour New York. Julie n'en prenait pas et n'en donnait pas davantage.

Julien déambulait dans les rues de Paris. Il devait répéter le lendemain à l'Opéra Garnier. Le concert était dans deux jours. Il avait besoin de s'imprégner de ce lieu où il n'était jamais allé. Il décida de s'y rendre sans plus attendre. Il prit le métro et descendit à la station Opéra.

En sortant de la bouche de métro, il remarqua une jeune femme qui avait l'air un peu perdue et qui semblait demander son chemin à une femme. Encore une touriste, pensa Julien. Au fur et à mesure qu'il se rapprochait, il trouvait que la jeune touriste égarée ressemblait à son amie Julie. Tout à coup, il se figea sur place. Mais ? Qu'est-ce qu'elle fait là ? se demanda-t-il. Ce n'est pas vrai ! Je suis en train de rêver ou bien j'ai une hallucination ce n'est pas possible ! Mais je la vois partout ma parole !

Il entendit : « Merci madame. » Et la jeune touriste se tourna dans la direction de Julien pour continuer sa route. Elle avait le nez dans un plan de Paris, mais ne parvenait pas à se repérer.

- Toi et le sens de l'orientation ! prononça Julien près de l'oreille de Julie qui sursauta en le voyant.

- Ju… Julien ? bégaya-t-elle. Elle n'en croyait pas ses yeux.

- Ben oui !

- Qu'est-ce que tu fais ici ?

- Ça alors ! Et toi ?

Ils s'embrassèrent comme deux amis de longue date, heureux de se retrouver.

- Tu vas me raconter ça ! dit Julie.

- Viens, on va s'asseoir, proposa Julien.

Ils choisirent un café au hasard et s'installèrent à une terrasse chauffée.

- C'que je suis content de te voir !, s'exclama Julien. C'est fou qu'on se soit rencontrés tout de même ! Bon, alors dis-moi ! Que fais-tu ici avec ton plan ? Tu visites Paris ? Tu fais du tourisme ? se moqua-t-il.

- Mais non, pas du tout ! Figure-toi que j'ai été sélectionnée, enfin, mes photos ont été sélectionnées par la ville de Paris. L'Inde étant à l'honneur, ils ont lancé un appel à projets auquel j'ai répondu et j'ai gagné ! Mes photos vont être exposées un peu partout dans Paris, à l'extérieur, autour du Jardin du Luxembourg, au Jardin des Tuileries, au champ de mars et au Jardin des Plantes !

- Eh ben, ma chère ! Félicitations !

- Et toi ? Que fais-tu à Paris ? Je te croyais à New York …

- J'y étais … Mais j'ai été sollicité pour un concert symphonique qui va se jouer à l'Opéra Garnier. Je vais accompagner l'orchestre philharmonique pour jouer Chopin. Ça ne se refuse pas !

- Ah non, c'est certain. Tu joues quand ? Ce soir ?

- Non. Dans deux jours … J'allais justement repérer un peu et m'imprégner des lieux. Ça te dit de m'accompagner ?

- Volontiers. J'ai rendez-vous demain matin à l'hôtel de ville.

- Dans ce cas-là, on a l'après-midi pour nous !

- Et la soirée ! ajouta Julie. Enfin, si tu n'as rien de prévu …

- Non, je n'avais rien de prévu jusqu'à maintenant.

Ils découvrirent sa façade resplendissante d'or et de couleurs, et animée de sculptures.

Ils pénétrèrent dans le Palais Garnier et Julie en eut le souffle coupé.

Ils touchèrent le marbre des colonnes qui se reflétaient dans d'immenses glaces encadrées de vases monumentaux en porcelaine de Sèvres.

Au centre de son plafond à calotte, une immense rosace portait la signature de l'architecte Charles Garnier.

Une pythie de bronze les invitait ensuite à monter les marches du grand escalier de marbre blanc.

- Il y en a soixante-deux ! lança Julien surexcité. Regarde un peu ce plafond !

La somptueuse nef de trente mètres de hauteur, bâtie en marbres de diverses couleurs, abritait les degrés de l'escalier double qui menait aux foyers et aux différents étages de la salle de spectacle. En bas de l'escalier, deux allégories féminines tenant des bouquets de lumière accueillaient les visiteurs.

D'immenses luminaires de bronze et des cariatides de marbre les dirigeaient vers la salle de spectacle.

Julien poussa la porte de la grande salle endormie et fit signe à Julie de venir. Comme elle hésitait à le rejoindre, les yeux ébahis par tout ce qu'elle découvrait, il lui dit :

- Viens, regarde, il n'y a personne !

Ils pénétrèrent dans la salle de spectacle en forme de fer à cheval dite à la française, en raison de la disposition des places selon leur catégorie et admirèrent sa structure métallique masquée par le marbre, le stuc, le velours et les dorures.Le lustre de bronze et de cristal était équipé de plus de trois cent quarante lumières et pesait plus de sept tonnes. Au-dessus d'eux, le magnifique plafond de Marc Chagall qui traduisait tout son amour pour la musique et pour la vie les émerveillait.

- Que c'est beau !, s'exclama Julie.

Les fauteuils vides en velours rouge attendaient les spectateurs.

- C'est là que tu vas jouer ?

- Je ne sais pas encore, peut-être.

- Je voudrais que tu joues dans cette salle, rien que pour moi. Je serais ta seule spectatrice !

- Tu viendras m'écouter jouer après demain soir ?

- Bien sûr que je viendrai ! Ah, mais j'y pense… Je n'ai pas de billet !

- Ne t'inquiète donc pas pour ça, je m'en occupe !

Ils restèrent assis là au milieu des dorures, du velours et des mille et une couleurs, à discuter de tout et de rien et à rire comme des enfants.

Mais il leur restait à découvrir: la galerie illuminée du grand foyer qui mesurait cinquante-cinq mètres de long, et cinq cents mètres carrés de plafonds et voussures peints. La galerie abritait d'innombrables sculptures, d'imposantes tentures de soie. Ils marchèrent sur un parquet de bois précieux et découvrirent deux cheminées monumentales et une loggia à l'italienne qui dominait l'avenue de l'opéra.

Julien avait envie de s'aventurer dans des endroits plus secrets de l'Opéra. Les deux jeunes gens se faufilèrent sous un escalier et ouvrirent une porte. Elle menait aux coulisses.

- Viens, on va voir où ça mène, dit Julien.

- Mais on n'a pas le droit.

- On s'en fout ! Viens !

Ils entendirent des voix et se cachèrent derrière des fauteuils cassés, laissés sur le bas-côté.

- Chut ! dit Julien.

C'étaient des techniciens qui travaillaient en coulisses. Une autre porte se présentait à eux. Ils l'ouvrirent. Elle donnait sur une petite salle de spectacle. Il y faisait sombre, mais la scène était éclairée. Des danseuses étoiles répétaient sans musique. Julien et Julie gloussèrent d'être là où ils n'avaient pas le droit de se trouver. Soudain, une voix rauque surgit.

- Qu'est-ce que vous faîtes là ? gronda l'homme.

- Euh, on s'est perdus dit Julie d'une toute petite voix.

- La sortie, c'est par là, dit l'homme en montrant la porte qu'ils avaient franchie.

Ils sortirent très sérieux, s'excusèrent puis éclatèrent de rire.

- Je suis sûr qu'il y a plein d'endroits à explorer, des trésors qui se cachent…, dit Julien songeur.

- Oui, ben ça sera pour une autre fois, car là je pense qu'on nous a repérés ! dit Julie.

- Oh ce que tu es peureuse !

Ils sortirent de l'Opéra et retrouvèrent le brouhaha de la ville.

- Tu es descendue à quel hôtel ? demanda Julien.

- Dans un hôtel miteux du treizième arrondissement ! Je n'y suis pas encore passée, mais d'après les photos...

- Je vois...

- Et toi ?

- ...

- Tu es dans un palace, je parie !

- Gagné ! Si tu veux, tu peux venir dans ma chambre, elle est suffisamment grande pour nous deux.

- Julien !

- Quoi ?

- Tu sais très bien que si on dort ensemble ...

- Mais qui t'a parlé de dormir ensemble ?

- Je ne sais pas, tu me dis ...

Julien lui coupa la parole.

- Il y a un grand lit et un petit lit dans la pièce d'à côté ainsi qu'un sofa, alors ...

- Ah, OK ! Je prends le grand lit alors !

- C'est ce que j'allais te proposer.

- Mais tu es sûr ? Je ne veux pas te priver du grand lit et puis sinon, tu sais, j'ai réservé ma chambre.

- Tu as payé ?

- Non, pas encore.

- Eh bien dans ce cas-là, annule !

Il commençait à se faire tard. Ils passèrent à l'hôtel où était descendu Julien, non loin de l'Opéra Garnier, pour déposer le sac de Julie.

- Bon, si on allait dîner ? proposa Julien.

Ils se promenèrent au Trocadéro. Sur un trottoir, une frêle silhouette se dessinait et se dandinait au creux des âmes furtives. Julie se demandait ce qui avait pu arriver à cette fille, qui paraissait sans âge, pour qu'elle se retrouve sur un trottoir de Paris.

Julien, lui, n'y prêta pas attention et regarda la Tour Eiffel qui scintillait.

- On y monte ?

- Oh non Julien, pas maintenant ! protesta Julie.

- Pourquoi ?

- Parce qu'il va faire froid là-haut et je suis fatiguée…

- Je te passerai mon manteau ! Allez, viens !

Et il entraîna Julie par la main. Elle rouspétait, objectait, ralentissait le pas, mais ne lâchait pas la main de Julien et finalement, elle accepta de monter au dernier étage de la Tour.

- Tu n'as pas froid ? demanda Julien en s'approchant tout doucement.

- Un peu …

Elle frissonnait. Il enleva son manteau noir quatre-vingt pour cent pure laine et le déposa délicatement sur les épaules de Julie.

- Non, c'est toi qui vas avoir froid maintenant …

- Je me collerai à toi ! Attends une minute ! Je reviens !

- Mais où vas-tu encore ?

- Je reviens ! Tu restes là, hein ?

- Où veux-tu que j'aille ? Elle secoua la tête et se parla toute seule. *Je ne vais pas sauter !*

Julien disparut laissant Julie admirer les étoiles et Paris illuminée en dessous. Elle passait une merveilleuse soirée et avait oublié d'appeler Alex. Cette pensée l'ennuya comme si elle venait de ternir sa soirée. Zut, je l'appellerai tout à l'heure en rentrant à l'hôtel pensa-t-elle en se mordant la lèvre inférieure.

Julien revint quelques minutes plus tard avec deux coupes de champagne à la main.

- Madame est servie ! déclara-t-il en tendant une coupe à Julie.

- Oh merci ! Tu es adorable !

Julien se contenta de sourire.

- ça te plaît ?

- Quoi ? Le champagne ?

- Non, tout ça, la vue …

- C'est magnifique !

Il s'était approché de Julie et entourait maintenant son bras autour de sa taille. Elle ne se détachait pas et avait même envie que ce moment s'éternise. Ils ne parlaient plus, ils contemplaient. Le vent frais fit de nouveau frissonner Julie.

- On redescend ? suggéra Julien.

Julie fit oui de la tête, à contrecoeur.

Ils reprirent l'ascenseur, mais arrivés au deuxième étage, l'ascenseur s'arrêta. Julien sortit et tendit la main à Julie pour qu'elle le suive.

- Mais on n'est pas en bas !
- Non.

Oh non, je n'ai pas envie de prendre l'escalier !, fit-elle. J'ai mal aux pieds !

- Mais je ne t'ai jamais dit qu'on allait faire le reste à pieds !
- Ben on va faire comment alors ?
- Arrête de poser toutes ces questions …
- Non, mais je n'ai pas les bonnes chaussures tu comprends …

Julien soupira. Il s'adressa au maître d'hôtel qui se trouvait à l'entrée du restaurant le plus chic de la Tour Eiffel, que Julie n'avait même pas remarqué.

- Bonsoir, j'ai réservé une table pour ce soir.
- Bonsoir Monsieur. Bonsoir Madame. Oui, pouvez-vous me dire à quel nom s'il vous plaît ?
- Rosselini
- Rosselini, Rosselini dit le maître d'hôtel en descendant son doigt sur la liste des réservations. Rosselini, deux personnes, parfait. Suivez-moi, je vous prie.
- Après toi, dit Julien en laissant passer Julie, médusée.
- Alors là, tu m'as eue ! s'exclama-t-elle quand ils eurent pris place l'un en face de l'autre. Je suis si heureuse d'être là !

Ils dominaient Paris.

- D'être là à Paris ou d'être là, avec moi ? se hasarda Julien.
- Les deux !

Les fauteuils rouges épousaient des tables en verni noir, et partout, des miroirs s'étiraient et renvoyaient des visages qui s'animaient, des sourires qui se dessinaient, des mains qui s'agitaient, qui se nouaient, qui se dénouaient, des chignons qui dépassaient des têtes, des regards qui se croisaient, des rires qui éclataient, des lèvres qui révélaient des secrets.

Julie croisa des regards qu'elle ne connaissait pas. Elle se dit que sans doute la regardait-on parce qu'elle avait les cheveux tout ébouriffés par la pluie et faisait tâche parmi ce beau tableau.

Ils dînèrent au champagne. Les mets étaient fins, savoureux et délicats. La présentation de chaque plat était un spectacle pour les yeux. Julien aussi était plein de délicatesse pour Julie, il la dévorait des yeux. La soirée était magique. Le téléphone de Julie sonna. C'était Alex.

- Ah mince, c'est vrai, j'ai oublié de l'appeler, dit Julie avant de décrocher.

- Bonsoir ma chérie, dit Alex.

- Bonsoir. Comment ça va ?

- Fatigué, mais ça va. Et toi ? Tu ne te sens pas trop seule à Paris ?

- Non, ça va.

- Tu es à l'hôtel là ?

- Oui, je ne vais pas tarder à me coucher, car je suis fatiguée moi aussi. Je me suis baladée un peu et comme je me suis levée tôt ce matin, je commence à ressentir la fatigue …

Julien fronçait les sourcils. Pourquoi Julie mentait-elle à Alex ?

- Repose-toi mon amour, je t'embrasse. Je te rappelle demain.

- Moi aussi je t'embrasse.

Julien la regardait sans parler.

-Quoi ? dit-elle en soutenant son regard réprobateur.

- Pourquoi tu ne lui as pas dit que tu dînais avec moi, qu'on s'était vus ?

- Ben je ne sais pas … J'en sais rien, dit Julie en se passant la main dans les cheveux, gênée. J'ai eu peur qu'il se fasse des idées, qu'il soit jaloux…

- Qu'il soit jaloux, ça, il peut l'être !

- Pourquoi dis-tu ça ?

- Parce que je t'aime et il le sait !

Il demanda l'addition.

Ils sortirent du restaurant et descendirent de la Tour. Cette descente les ramena à la réalité. Alex était amoureux de Julie, Julie était amoureuse d'Alex puisque c'était avec lui qu'elle était. La féerie s'envola. Ils rentrèrent à l'hôtel.

Lisa avait repris un vol pour New York. Elle ne voulait plus revoir Julien et lui écrivit qu'elle ne souhaitait plus de lui comme professeur de piano pour son fils et qu'elle ne souhaitait plus le revoir tout court. Le message que Julien lut en marchant le fit sourire, car il savait que Lisa ne pensait pas ce qu'elle écrivait, qu'elle était surtout en colère contre lui et il admettait que cette colère était légitime.

- Tu as reçu une bonne nouvelle ? lui demanda Julie.

- Ni bonne ni mauvaise… Cela m'est égal à vrai dire.

Il rangea son téléphone, il ne voulait pas parler de cette relation à Julie. Les confidences s'arrêtèrent là.

Il lui laissa le grand lit. Elle protesta et insista.

- Tu m'ennuies avec tes manières ! lui dit-il. C'est comme ça et pas autrement. Ce n'est pas négociable !

- Mais je t'assure, ça ne me dérange pas de prendre le petit lit, tu es plus grand que moi, tu vas être à l'étroit dans ce petit lit !

- Je me glisserai dans le tien si je me retrouve par terre !

Julie pencha la tête sur le côté qui signifiait « tu exagères de dire des choses comme ça… »

- Quoi ?

- Rien.

Il avait envie d'elle, mais ne voulait pas tout gâcher encore une fois. Ils ne s'entendaient plus dès qu'ils franchissaient la ligne de l'amitié. Pourtant, Julien savait qu'il aimait Julie de tout son cœur et de toute son âme.

Dans la pénombre, il vit passer un bras, une jambe. Il aperçut le décolleté de sa nuisette. Il eut envie de faire glisser les bretelles sur ses épaules nues et de l'embrasser fougueusement, de lui mordiller les tétons, de lui caresser le creux de ses reins. Il se tourna face au mur pour ne plus la voir.

- Tu ne m'as même pas souhaité bonne nuit ! maugréa Julie.

- Bonne nuit !

- Bonne nuit Julien.

Julien commençait ses répétitions à partir de dix heures trente.

Ils décidèrent d'aller au musée d'Orsay voir une exposition de photographies de Louis Stettner, *Paris New York*.

La première partie de l'exposition était consacrée aux photos en noir et blanc.

Julie et Julien s'arrêtèrent devant « le baiser parapluie » et trouvèrent le titre tout aussi joli que la photo : un couple assis sur un banc qui s'embrassait en prenant soin de se cacher derrière un parapluie, comme pour abriter leur amour des tempêtes de pluie qui pourraient s'abattre. Ainsi, il suffisait d'un parapluie pour abriter un amour ? Les gouttes de la vie ne passeraient pas sur eux, ils l'avaient décidé, leur amour était protégé, imperméable aux coups de tonnerre, aux averses diluviennes, aux tsunamis.

- Regarde cette photo du baiser parapluie, regarde ce qui se cache derrière le parapluie, tu vois bien que certains arrivent à vaincre l'ineffable sort, à passer entre les gouttes ?

- Pour combien de temps ?

- Oh ce que tu es pessimiste !

- Et toi je te trouve bien optimiste tout à coup ? C'est depuis que tu as rencontré Alphonse?

- Alex pas Alphonse!

- Ouais c'est pareil !

- Tu ne l'aimes pas, hein ?

- Je suis obligé de répondre à ça ?

- De toute façon je connais la réponse !

Ils sortirent du Musée. Leurs mains se rejoignirent et ils marchèrent sans se parler. Ils traversèrent la rue des beaux-arts et remontèrent le quai Malaquais. À l'angle de la rue des Saint-Pères, Julien entraîna Julie sous une porte cochère, la plaqua contre le mur et l'embrassa, tendrement puis fougueusement. Julie regretta très vite ce baiser.

- Il ne faut pas que ça se reproduise !, dit-elle.

- Quoi donc ?

- Tu sais bien ! Ce que l'on vient de faire !

- Pourquoi ?

- Parce que j'aime Alex.

- Et alors ? Moi aussi tu m'aimes ! Non ?

Julie restait silencieuse.

- Alors, dis-le-moi dans les yeux que tu ne m'aimes pas ! dit Julien en empoignant le bras de Julie. Elle dégagea son bras, sans répondre et continua à marcher. Julien la suivait derrière.

Ils se quittèrent devant l'Opéra Garnier. Chacun devait reprendre ses activités respectives. Ils se dirent à ce soir, froidement.

*

Julie se trouvait depuis plus d'une heure dans la file d'attente qui s'étirait à mesure que l'heure avançait.

Si ça continue, je vais louper le début, pensait-elle.

Elle reçut un appel. C'était Julien.

- Ça y est, tu es bien installée ?

- Non, c'est l'horreur, j'ai au moins cinquante personnes devant moi.

- Mais non, ce n'est pas possible. Ne bouge pas, j'arrive !

Il avait quitté les coulisses, vêtu de son smoking, pour aller chercher Julie et la faire passer en VIP. Il la cherchait parmi tous ces gens quand enfin, il la vit.

- Ah, tu es là. Viens, lui dit-il en la prenant par le bras.

Il montra une carte à l'ouvreuse en lui disant qu'il faisait partie de l'orchestre et lui demanda de bien vouloir accompagner Julie jusqu'à sa place.

- C'est mon amie, ajouta-t-il.

- Bien sûr monsieur. Suivez-moi madame, je vous prie, dit l'ouvreuse à Julie.

Julie se sentit tout à coup importante et cela l'amusa. Au moins, je n'aurai pas à attendre encore deux heures debout !, pensa-t-elle.

Le concert entièrement consacré à Frédéric Chopin commença enfin par Nocturne Opus 9 no2. Julie regardait avec admiration Julien jouer sur cette scène qu'ils avaient découverte la veille, en secret. Elle fermait les yeux, écouter, rouvrait les yeux et se laissait emporter par la musique.

Au bout d'une heure trente, il y eut l'entracte. Julie ne quitta pas son fauteuil. Les gens allaient et venaient telles des fourmis.

Le spectacle allait bientôt reprendre. Julien écarta un peu le lourd rideau rouge dans l'espoir d'apercevoir Julie. Il voulait s'assurer qu'elle n'était pas partie au milieu du concert. Il la vit et se sentit rassuré. Le rideau enfin se leva et les lumières doucement s'éteignirent. Quelques retardataires enjambèrent les pieds de Julie en s'excusant.

Les instruments et leurs musiciens étaient prêts. Le pianiste ajusta son siège. Le chef d'orchestre se mit en place. L'Adagio du concerto n°2 s'enchaîna. Le public, conquis, se leva pour applaudir l'orchestre. L'ovation dura quelques minutes.

Après le concert, Julien retrouva Julie et lui proposa d'aller boire un verre avec le reste de l'orchestre. Fatiguée, Julie refusa et rentra seule à l'hôtel. Julien rentra au petit matin et Julie partit quand Julien dormait encore.

10-Voyage au bout de ses nuits

Toute la misère du monde et mon amour au-dessus.

À l'autre bout de la terre, il était parti, une semaine après l'avoir revue à Paris.

Il ferma les yeux et refit la route à l'envers. Il relut le message qu'il avait écrit quelques mois auparavant et qu'il avait enregistré sans jamais l'avoir envoyé à Julie. Il y ajouta quelques vers écrits dans la nuit.

> *Où que j'aille, je grave ton nom à chaque coin de rue.*
> *Les ombres s'étirent,*
> *Et dansent autour de moi.*
> *Ton absence chavire,*
> *Mon corps saoul de toi.*
> *Je colle ma joue,*
> *Sur cette tiède opale.*
> *Le vent dans mon cou,*
> *Chasse ta figure pâle.*
> *Ainsi va la valse des chimères, Julie.*
> *Je ferme les yeux et me perds dans ces rues où l'on ne viendra plus. J'ai posé des barricades à l'intérieur de ma poitrine, j'ai épousé d'autres corps, j'ai essoré mon chagrin, caressé d'autres mains. Puisses-tu un jour laisser ma tête reposer sur ton épaule et partager tes lendemains ?*

Destinataire : Julie. Il appuya sur « *Envoyer* ».

Il était venu là pour oublier, pour l'oublier elle. Pour oublier ce manque de courage aussi.

Il était allé chercher la paix à des milliers de kilomètres. Et c'est en donnant de lui qu'il allait la trouver. On part voir d'autres misères pour oublier les siennes.

Depuis deux jours il était à Tanguieta, au nord du Bénin. Huit semaines à s'occuper d'enfants, à regarder leur vie, à partager leur quotidien, à deviner leurs peurs, à écouter leur misère, à savourer leur quiétude, à s'incliner devant tant de force, à se sentir petit, à se sentir honteux de se plaindre d'insignifiants malheurs. Huit semaines pour apprendre leur vie, leurs coutumes, à frôler leurs rêves, à goûter leurs couleurs et à en taire les secrets. Huit semaines pour leur apporter des savoirs qu'il a transportés dans ses valises et dans sa tête, pour leur apprendre des mots, des nombres, des histoires qu'ils trouveront extraordinaires, dans des livres qu'ils trouveront magnifiquement beaux, pour leur faire partager sa passion pour la musique.

Huit semaines pour comprendre qu'il ne suffit pas de huit semaines pour tout changer et qu'il faut rester encore. Alors il allait rester. Mais il ne savait pas combien de temps. Cette obsession qu'avaient les Occidentaux dont il faisait toujours partie, de toujours quantifier tout, le quittait peu à peu.

Il voulait aller au bout de ce voyage qui le conduirait au bout de ses nuits pour qu'enfin son chemin s'éclaire et que sa douleur s'efface.

Tous les matins depuis maintenant deux mois, il « faisait » sa classe. Il s'était porté volontaire auprès d'une association d'aide humanitaire, qui menait à la fois des activités artistiques et du soutien scolaire auprès d'enfants dont les familles étaient pauvres. Il apprenait à écrire à six enfants de sept à onze ans. Un bureau pour six, là-bas on partageait depuis sa naissance. L'étroitesse du bureau n'était pas un frein à la soif d'apprendre de ces enfants. Leurs coudes dépassaient du bureau, se touchaient et s'entrechoquaient.

Qu'importait, l'enthousiasme se dessinait sur leurs lèvres, la curiosité se lisait dans leurs yeux. Il leur enseignait aussi la musique pour leur plus grande joie.

Les enfants entonnèrent une comptine, douce, rieuse, touchante et les larmes montèrent très vite aux yeux de Julien.

Un soir par semaine, les volontaires organisaient une séance de cinéma en plein air, sur les murs blancs de la maison qui les hébergeait.

Et ce soir-là, le film projeté était *Les visiteurs*... Les enfants riaient de bon cœur, les adultes aussi.

Zacharie avait neuf ans. Il voulait partir avec Julien, car il savait qu'un jour, peut-être demain, Julien allait partir. Il le suivait partout, comme s'il ne voulait pas le perdre. Zacharie n'avait plus de

125

parents, mais il vivait chez son oncle et sa tante, avec ses cousins, nombreux, trop nombreux pour lui qui aimait se retrouver seul pour savourer les livres que Julien lui avait offerts.

Déjà plus de deux mois que Julien était parti de la France. Son message était resté sans réponse.

Il savait que lorsqu'il quitterait le Bénin, il ferait un malheureux. Il savait aussi que là- bas en France, il avait fait souffrir quelqu'un, qui le faisait souffrir à son tour. Il prenait des photos, beaucoup. Il faisait des portraits. Et puis soudain, il pensa à Julie. Il la revit, prenant des photos à son tour, le photographiant lui, en riant, en se moquant de lui parfois.

Elle réapparaissait brutalement dans ses pensées. Il se repassa des scènes, il avait l'impression de la voir sur ce mur blanc qui faisait office d'écran.

Alors, il n'était plus là à Tanguiéta, mais à Paris près d'elle, et puis à Bordeaux sur les quais et même dans ce café au nom qui lui échappait. Il y avait le mot bonheur lui semblait-il, c'était quelque chose comme *Le café du bonheur*, non, ça y est, il se rappelait à présent, *Le café des gens heureux*.

Il sentit son parfum, comment était-ce possible, se demanda-t-il. Et puis, il comprit. Elle lui manquait tout simplement.

Il vit soudain la Seine qui menaçait de sortir de son lit. Il passa sur le pont des arts avec elle, leurs mains étaient liées, elle s'arrêtait pour admirer les couleurs étalées sur une toile, sous ce ciel pourtant coiffé de nuages gris. Il revit l'Opéra Garnier, la Tour Eiffel et le Musée d'Orsay. Il la regardait et la serrait contre lui, il respirait ses cheveux qui sentaient la noisette. Jamais il ne s'était senti aussi heureux, mais il savait que ce bonheur était fragile, il croyait qu'il ne pouvait pas, ne savait pas le garder et qu'il risquait de s'évanouir. Alors il fallait fuir, comme il l'avait toujours fait, pour garder intact cet amour magnifique, ce bonheur entrebâillé qui n'en finissait pas d'étaler des couleurs qui n'existaient pas à ses yeux, comme celles que ce peintre inventait, juste pour oublier la pâle lumière qui sortait des fenêtres grises et redonner de l'éclat à la triste réalité.

Le lendemain matin, à la récréation, Zacharie, qui habituellement jouait au football avec ses camarades, restait dans son coin, sans parler ni bouger.

- Qu'est-ce que tu as Zacharie ? demanda Julien.

- Rien.

- Si, je vois bien que ça ne va pas…

- Tu vas partir et moi je ne te verrai plus…

- On pourra toujours s'écrire, tu sais !

- C'est pas pareil !

- Oui, je sais que ce n'est pas pareil.

- Emmène-moi avec toi ! S'il te plaît, emmène-moi !

- Je ne peux pas Zacharie. Ta vie est ici, avec ta famille…

- Mais je n'ai plus mes parents !

- Oui, mais tu as ton oncle et ta tante et ils te considèrent comme leur fils.

- Non, c'est pas vrai ! Et moi je ne les aime pas comme mes parents.

- Je ne peux pas t'emmener avec moi, je n'en ai pas le droit.

- Mais si mon oncle et ma tante étaient d'accord ?

- Mais ils ne le seront pas, voyons !

- T'as qu'à leur demander !

Des larmes débordèrent de ses yeux.

- Tu aimerais connaître la France ?

- Oh ça oui alors !

- Éventuellement, si ton oncle et ta tante étaient d'accord, tu pourrais venir passer quinze jours de vacances, en France, chez moi…

- Ouais !

- À condition que ta famille soit d'accord !

Julien n'eut pas de mal à convaincre la famille de Zacharie de le laisser aller en vacances en France. Son oncle et sa tante avaient cinq enfants à s'occuper. Les prochaines vacances débutaient en juillet, soit trois semaines plus tard. Il fallut attendre vingt-huit jours pour obtenir le passeport du petit qui comprenait une autorisation de sortie de territoire que l'oncle et la tante de Zacharie, ses responsables légaux, avaient demandée. Julien dut décaler son départ de quelques jours.

Julie se rendait à l'hôpital des enfants dans l'après-midi. Elle revêtit tout son attirail de clown. Aujourd'hui, elle avait pris sa flûte. Elle passa voir les infirmières et prit un café avec elles. Josette avait cinquante-quatre ans, Élodie trente-cinq, Nathalie en avait quarante-deux. Le docteur François Avril connaissait bien Julie et quand il vit sa tête de clown dans la salle de repas des infirmières, il s'arrêta la saluer et l'embrasser.

- Comment vas-tu Julie ?
- Ça va. Et vous ?
- Bien, bien. Et ta mère, comment va-t-elle ?
- Toujours pareil... Elle ne change pas.
- Elle n'est toujours pas décidée à entamer une psychothérapie comme je lui avais conseillé ?
- Eh non ! Maintenant, je pense que c'est fichu !
- On ne sait jamais ! Envoie-lui mon bonjour quand tu la verras en tout cas. Il lui refit la bise. Il faut que je te laisse, mes patients m'attendent...
- Oui, moi aussi je dois y aller d'ailleurs.
- Tu vas faire sensation avec ta nouvelle perruque orange ! Elle était verte non avant ?
- Bien vu !

En entrant dans la chambre de la petite Charlène, Julie vit la maman endormie dans le fauteuil, près de sa petite fille. L'enfant dormait aussi. La mère fut réveillée par les pas de Julie qui commençait à rebrousser chemin en les voyant toutes deux endormies.

- Bonjour, dit la mère de l'enfant.
- Bonjour. Excusez-moi, chuchota Julie, je ne voulais pas vous réveiller.
- Ce n'est pas grave. Je vais aller me chercher un café.

Elles sortirent ensemble. La mère s'effondra dès qu'elle eut franchi la porte de la chambre de son enfant.

- Je suis désolée, dit-elle à Julie.
- Ne vous excusez pas, vous avez le droit de pleurer.
- C'est si dur ...
- Je sais... Mais il faut tenir le coup, pour elle. Il faut continuer à y croire jusqu'au bout, il faut toujours garder espoir.
- Mais là, les médecins nous ont dit qu'il n'y avait plus d'espoir...

- Alors il faut que vous soyez forte pour elle. Elle doit sentir que vous êtes là, que vous vous battez avec elle. Elle a besoin de vous.

- Je le sais. Je suis désolée, mais ce ne sera pas la peine de repasser tout à l'heure, elle est trop fatiguée.

- D'accord, je comprends.

Julie sortit sa flûte et commença à jouer quelques notes.

- Ce n'est pas la peine, vous savez, là elle n'entend pas, elle est dans sa chambre …

- Mais ce n'est pas pour elle que je joue là, c'est pour vous …

Et Julie caressa la joue humide de la jeune mère.

- Merci, lui répondit-elle avec un sourire teinté de tristesse.

Julie la laissa seule et poursuivit sa route dans le couloir de l'hôpital. Elle s'adressa à son frère Arthur dans un murmure.

- Mon ange, s'il te plaît, si Charlène arrive au paradis, s'il en est ainsi, accueille-la près de toi et prends soin d'elle. Garde-la sous ton aile.

En sortant de l'hôpital, Julie vit une plume blanche voler et se déposer délicatement sur sa tête. Elle la prit dans sa main. C'était une jolie plume toute douce, si légère. Elle leva la tête vers le ciel bleu mauve qui virait au rose pour voir d'où elle était tombée. Un petit nuage laiteux en forme de cœur s'était joliment dessiné.

Elle y vit un signe de son frère. Sur une branche, haut perchée, une tourterelle blanche aux yeux noirs la regardait. Elle porta la plume à ses lèvres et y déposa un baiser. Elle garda la plume.

Aéroport de Cotonou au Bénin. Direction Paris, puis, Bordeaux. Ils étaient arrivés tôt. Zacharie était tout excité à l'idée de passer ses vacances en France. Il restait collé à Julien, et serrait son petit sac qui contenait tout l'attirail nécessaire pour voyager. Julien lui avait offert, des jeux, des livres, des crayons de couleur et même une tablette.

Dans l'avion, Zacharie était placé côté hublot. C'était la première fois qu'il prenait l'avion. Tout l'émerveillait, et il répétait sans cesse « Quand je vais raconter ça à tante Zahia ! » Le voir heureux rendait Julien heureux à son tour. Zacharie eut un peu peur au moment du décollage et il s'accrocha au bras de Julien. L'enfant fit connaissance d'une petite fille qui voyageait avec ses grands-parents jusqu'à Paris. Ils regardèrent un dessin animé ensemble et Zacharie, épuisé par tant de découvertes, s'endormit.

Ils arrivèrent à Bordeaux après plus de onze heures d'avion. Les yeux noirs de Zacharie s'écarquillaient, brillaient, photographiaient les décors, ses pupilles étaient dilatées de bonheur, sa bouche rose faisait des ronds. Zacharie riait de tout : une dame qui portait son petit chien blanc dans les bras, une petite fille qui traînait des pieds en croisant les bras parce que sa mère n'avait pas voulu lui offrir le jouet qu'elle avait repéré dans le magasin, des touristes anglaises qui demandaient leur chemin à Julien en disant « ok, merci biocou » à la fin de la conversation, tout le captivait, l'amusait. Mais il ralentissait le pas, regardait à droite, à gauche, se retournait. Julien dut lui prendre la main.

- Si tu ne restes pas près de moi, tu vas finir par te perdre !, lui dit-il.

Ils prirent le tramway pour se rendre chez Julien. Le spectacle était saisissant pour Zacharie.

Il tira sur la manche de Julien et lui demanda :

- Pourquoi les gens font la tête ?

- Parce qu'ils sont fatigués de leur journée de travail et qu'ils ont envie de rentrer chez eux !

- Ils devraient être contents alors s'ils rentrent chez eux !

- Ben oui, c'est vrai.

Enfin, il découvrit l'appartement de Julien. Zacharie était intimidé devant tant d'espace et de charme.

Des tableaux contemporains étaient accrochés aux murs en pierres. Le parquet ancien craquait sous leurs pas et le bruit impressionnait Zacharie. Une belle cheminée en pierres blanches de style régence harmonisait la grande pièce à vivre et au milieu, dominait un splendide piano à queue, noir laqué.

- Waouh, s'exclama-t-il. Que c'est beau chez toi !

- Ça te plaît ?

- Ouais, j'adore !

- Allez, viens bonhomme, je vais te montrer où tu vas dormir. C'est la chambre réservée aux invités et comme tu es mon invité pendant quinze jours, voici ta chambre !

Et Monsieur a un grand lit !

- Oh, super !

- Voici la salle de bains. Tu peux prendre une douche pendant que je vais ranger tes affaires et préparer un petit truc à grignoter.

Sitôt le dîner terminé, Zacharie inspecta l'appartement de Julien. Le garçon avait vu le piano tout à l'heure, posé là au milieu du salon, dominant la pièce. Il demanda à Julien s'il voulait bien lui jouer quelque chose. Julien ajusta un peu son tabouret et commença par jouer le prélude de Bach. L'enfant regardait les touches noires et blanches s'enfoncer et se relever sous les doigts fluides de Julien. Il n'avait jamais vu ça de sa vie. Il écouta les notes se succéder, s'accélérer pour ralentir et reprendre la cadence. Il n'avait jamais entendu pareil son, pareille mélodie. Il était ému et des larmes s'échappaient de ses cils et coulaient à présent le long de ses tempes. Elles avaient dessiné un trait sur ses joues et avaient imbibé ses lèvres. Il passa sa langue sur sa lèvre supérieure qui avait un goût salé.

Il écoutait inlassablement et il en redemandait. Julien enchaîna avec un nocturne de Chopin en expliquant à Zacharie qu'il aimait particulièrement ce musicien qui savait faire passer les émotions humaines à travers sa musique. Zacharie l'écoutait parler puis jouer. L'enfant resta muet encore une fois. Il était impressionné. Il ne soupçonnait pas que la musique pouvait provoquer ça, lui arracher des larmes, faire surgir des souvenirs tantôt heureux, tantôt malheureux. La musique le berçait, le transportait puis le réconfortait. Il clignait à présent des yeux, la fatigue se faisait sentir. Julien s'arrêta de jouer et déclara qu'il était temps d'aller se coucher. Zacharie s'endormit comme un bébé. La journée avait été riche en émotions.

131

Catherine lui avait demandé de venir en début d'après-midi pour signer les derniers documents nécessaires pour la procédure de divorce.

Alex sonna à la porte de la maison qui fut longtemps la sienne. Il lui parut étrange de revenir en ces lieux où il avait vécu tant d'années, ces lieux qui lui paraissaient à la fois familiers et lointains. Cette distance qu'il ressentit le déstabilisa quelque peu. Il s'écoula plusieurs minutes avant que Catherine n'ouvre la porte à Alex. Elle lui apparut enfin, légèrement décoiffée, mais pimpante, parfumée et maquillée jusqu'au bout des ongles. Alex remarqua un détail qui le fit sourire. Le chemisier de Catherine était mal reboutonné.

- Nous allons nous installer dans le salon, déclara Catherine. Entre, je t'en prie. Et elle lui fit signe de la précéder. Il trouva la pièce immense, comme s'il la voyait pour la première fois et glaciale malgré la luminosité qui traversait les portes-fenêtres. La décoration était intacte depuis son départ. Il remarqua cependant de nouvelles toiles accrochées aux murs. Elle avait dit adieu aux impressionnistes pour accueillir des reproductions modernes et zen. Pierre, leur ami et avocat, était présent, ce qui étonna d'abord Alex. Pierre se leva du fauteuil sur lequel il était assis (qui fut autrefois le fauteuil d'Alex), et entoura Alex de ses bras en lui donnant une fausse tape amicale dans le dos.

- Salut vieux !, dit Pierre. Tu as l'air en forme dis-moi ! ricana-t-il.

- Ça va, je te remercie, répondit Alex.

- J'ai pensé que ce serait plus simple de signer les papiers ici plutôt que dans le bureau de Pierre, ça fait moins solennel ! dit Catherine sur un ton joyeux et décontracté.

- Oui bien sûr, répondit Alex, qui avait hâte d'en finir.

- Tu veux boire quelque chose ? lui proposa Catherine.

- Non merci. Je n'ai pas le temps, je signe ce que je dois signer et je m'en vais.

- Bien, comme tu voudras…, répondit Catherine, piquée. La froideur d'Alex semblait la contrarier.

Ils prirent place tous trois autour de la grande table de la salle à manger. Pierre prit la parole, précisa deux ou trois points en ponctuant toutes ses phrases de « c'est plus simple. » et indiqua avec la pointe de son stylo bille l'endroit où Alex devait apposer sa signature. Catherine observait la scène, souriante et satisfaite. De temps en temps, Alex relevait la tête et regardait autour de lui. Et puis, il ne reconnaissait finalement plus rien dans cette maison. Quelques mois s'étaient écoulés et il lui semblait qu'il était parti depuis une décennie. Il regarda Catherine. Elle aussi avait changé. Il ne savait pas vraiment dire en quoi, mais il l'a trouvée différente et il en était heureux, car cela signifiait qu'elle avait tourné la page. Il préférait la voir ainsi. Son regard se porta sur un grand vase en verre rouge qui avait remplacé le vase en cristal qui s'était brisé le jour de son départ, lors de ce qui fut, leur dernière dispute. Il lui sembla que tout dans la maison avait été remplacé, même lui.

Alex replongea son nez dans les papiers.

- C'est tout ? demanda-t-il à Pierre en signant le dernier document.

- Oui, écoute, ça me paraît bon, hein ? demanda-t-il à Catherine.

- Oui, oui, c'est bon, confirma-t-elle.

- Bien, alors je m'en vais, déclara Alex en se levant.

- Tu es sûr que tu ne veux pas boire quelque chose ? Insista Catherine.

- Non je m'en vais, dit-il. C'est plus simple, ajouta-t-il en souriant et en regardant Pierre avec insistance.

Cette remarque mit ce dernier mal à l'aise. Il se leva à son tour et déclara avec un sourire forcé : « Bon, ben à la prochaine Alex ! »

-Salut Pierre, répondit sèchement Alex qui signifiait pour lui qu'il ne souhaitait pas le revoir.

- Je te raccompagne, dit Catherine. Ah, au fait, enchaîna-t-elle sur le pas de la porte d'entrée, en chuchotant, il faudra payer les honoraires de Pierre. Tu... Comment on fait ?

- Je pense que tu l'as déjà payé ! répondit Alex en souriant et en posant son regard sur le chemisier mal reboutonné de Catherine.

- Quoi ? bégaya-t-elle en constatant qu'un bouton sur deux était ouvert et laissait apparaître dans l'échancrure, la couleur de son soutien-gorge. Qu'est-ce que tu veux dire ?

- Et tu diras à Pierre que sa braguette est restée ouverte !

- Mais... Mais c'est pas du tout ce que tu crois ! Tu... Tu te trompes ! , marmonna-t-elle, confuse et rouge comme une enfant prise en flagrant délit.

- Écoute Catherine, je m'en fous ! OK ? Tu couches avec qui tu veux, je m'en fous ! Tu diras aux enfants que je viens les chercher pour passer le week-end avec moi. Salut.

Et il partit en laissant Catherine une nouvelle fois interloquée. Mais Catherine n'était pas une femme qui se laissait abattre. Elle aimait la vie et elle aimait surtout l'argent et ne supportait pas la solitude. Qu'importait celui qui partagerait son lit pourvu qu'il ait une situation confortable et brillante.

Le soleil de juillet brillait de tout son faste. Julien promit à Zacharie de l'emmener à l'océan. Aujourd'hui, il lui faisait visiter la ville. Ils passèrent devant le Grand Théâtre et s'arrêtèrent au vieux manège carrousel, situé aux allées de Tourny. Zacharie voulut monter sur un des chevaux en bois et Julien l'imita. Ils se promenèrent ensuite dans la rue Sainte-Catherine et Julien emmena Zacharie dans un magasin de jouets nouvellement installé. Il avait envie de lui faire plaisir et de le gâter. Il lui demanda de choisir trois jouets. Après une heure trente passées dans les rayons, Zacharie finit par choisir une voiture télécommandée, un skate, et une figurine Star Wars. Julien compléta avec des genouillères pour le skate. Puis, ils dévorèrent une glace à trois étages nappée de crème chantilly.

Ils traversèrent la rue pour aller se balader le long des quais. Une balade en bateau permettrait de voir les monuments tout en se reposant. Ils embarquèrent à bord d'un navire de croisière, pour descendre le fleuve jusqu'à l'estuaire. Zacharie possédait une curiosité très développée pour tout ce qui l'entourait. Il apprit que Bordeaux était la Ville maritime, qui figurait parmi les principaux ports d'Europe au XVIIIe siècle. Ils longèrent les quais et passèrent sous le pont de Pierre, puis sous le pont Chaban Delmas. Il aurait beaucoup de choses à raconter quand il rentrerait chez lui.

La fin de la journée approchait. Zacharie ne voulait toujours pas rentrer à l'appartement, préférant continuer à se balader.

Ils se dirigeaient à présent vers le miroir d'eau, nommé ainsi pour les deux centimètres d'eau posés sur une dalle en granit, et qui donnaient un réel effet de miroir ! Les jets d'eau apparaissaient dans un immense brouillard quelques minutes puis disparaissaient. Ce lieu unique était situé face à la splendide place de la Bourse. Petits et grands y venaient pour jouer pieds nus et se rafraîchir.

Julien était rentré à Bordeaux depuis deux jours seulement, mais il pensait à Julie. Il se demandait ce qu'elle pouvait bien faire et si elle était toujours avec Alex. Ne pas l'appeler, ne plus penser à elle, tourner la page et faire de nouvelles rencontres. Ou bien courir vers elle et lui avouer qu'il ne pouvait pas vivre sans elle ? Non la deuxième option lui parut tout à fait idiote et inconcevable. Et puis, Zacharie était là pour quinze jours, il devait s'occuper de lui et le distraire. Il voulait que Zacharie ramène des souvenirs inoubliables dans ses valises.

Il fallait que Zacharie joue avec des garçons et des filles de son âge, Julien l'emmènerait à la piscine où il pourrait côtoyer d'autres enfants et aussi au parc. Il s'imagina père de cet enfant. Avoir un enfant nécessitait des responsabilités qu'il ne soupçonnait pas. Mais surtout, il constata que cet enfant lui donnait beaucoup d'amour. Ils étaient très attachés l'un à l'autre si bien que Julien redoutait le départ de Zacharie.

- Je peux aller faire du skate ? demanda Zacharie.

Cette question sortit Julien de sa rêverie.

- Oui, si tu veux, allons-y !

Sur les quais, un skatepark avait été aménagé. Zacharie n'en avait jamais fait, mais il se lança sans appréhension et avec beaucoup de facilité. Il glissait parfaitement et riait aux éclats. Julien le regardait inlassablement.

- Fais attention Zacharie, vas-y doucement quand même, c'est la première fois que tu en fais !

Zacharie ne l'écoutait pas vraiment. Il se liait aisément avec les enfants de son âge et il était en pleine conversation avec un autre petit garçon qui lui montrait des figures. Il voulut imiter son nouveau petit copain, plus confirmé au skate que lui et s'élança sur la rampe à fond la caisse comme il l'avait vu. La planche de skate glissa trop vite sous les pieds de Zacharie qui perdit l'équilibre.

Sa tête heurta violemment la rampe à skate et Zacharie tomba, inanimé sur le sol. Julien courut comme un fou. Zacharie perdait beaucoup de sang et demeurait inconscient. Un parent qui avait été témoin de la scène appela immédiatement les pompiers.

Zacharie fut transporté en urgence à l'hôpital des enfants de Bordeaux, accompagné de Julien qui ne lui lâchait pas la main et qui sanglotait.

Il fut pris en charge immédiatement et bientôt Julien le vit disparaître sur le brancard, entouré d'une demi-douzaine de blouses blanches. On lui demanda des papiers qu'il n'avait pas, le nom de l'enfant et quel était leur lien de parenté. On lui posa des questions suspicieuses. L'attente, insupportable commençait. Assis, la tête dans ses mains, le regard fixé au sol, Julien se repassait la scène encore et encore et se faisait le reproche de l'avoir laissé faire du skate, si inconsciemment. Il était mort d'angoisse et d'inquiétude pour la vie de ce petit garçon qu'il aimait tant et qu'on lui avait confié. Il se traita de tous les noms dans sa tête, abruti, pauvre idiot, fou à lier, inconscient, il était tout cela et ne pourrait jamais avoir d'enfant puisqu'il n'était pas capable de s'en occuper, de veiller sur eux ne serait-ce qu'une demi-journée.

Plongé dans ses pensées les plus obscures, il n'entendit pas le médecin qui était arrivé et qui se tenait à présent devant lui.

- Vous êtes parent avec l'enfant Zacharie qui est arrivé tout à l'heure suite à une chute ? demanda l'homme en blouse blanche.

- Euh, non. Mais il est en vacances avec moi pour quelques jours. J'ai fait sa connaissance au Bénin, je suis bénévole pour une association. Il n'a plus ses parents, ce sont son oncle et sa tante qui s'occupent de lui. Mais ils m'ont signé une autorisation de sortie de territoire, tout est légal, ne vous inquiétez pas ...

- Je m'inquiète surtout pour la santé de cet enfant, répondit le médecin.

Je ne me suis pas présenté. Je suis le Docteur Perret. Zacharie a fait une très mauvaise chute. Il a un traumatisme crânien.

- Et, qu'est-ce qu'il va se passer ? C'est grave ?

- Oui, c'est grave. Dans le cas de Zacharie, il s'agit d'un traumatisme sévère.

Si vous voulez, pour vous expliquer lors du choc, un des os du crâne s'est fracturé. Un fragment osseux s'est enfoncé et a lésé ce que l'on appelle les méninges, c'est-à-dire les membranes situées juste sous l'os qui protègent le cerveau et amortissent les chocs. Un œdème s'est formé et a comprimé le cerveau.

Nous lui administrons des médicaments qui vont résorber cet œdème.

- Il va s'en sortir ?

- Je l'espère. Actuellement, Zacharie est dans le coma. Il faut attendre, ça peut être long comme il peut se réveiller très rapidement. Nous ne pouvons pas savoir comment ça va évoluer...

- Et il va avoir des séquelles ?

- Comme je vous disais, nous ne pouvons pas vraiment savoir. Il peut avoir des séquelles plus ou moins graves.

- Quelles sont-elles ?

- Eh bien, ça peut être des séquelles physiques, comme des troubles de la marche, des troubles de la déglutition, une mauvaise coordination des mouvements et altération de l'équilibre, ce que l'on appelle le syndrome cérébelleux. Ou bien des crises d'épilepsie, des troubles cognitifs comme des trous de mémoire, des difficultés à raisonner, à se concentrer, à assimiler des informations, ça peut aller jusqu'à l'hémiplégie ou la tétraplégie…

Je crois que le plus urgent aujourd'hui c'est d'être près de lui et … Vous avez le moyen de contacter sa famille j'imagine ?

- Oui bien sûr.

- Je crois qu'il faut les prévenir dans un premier temps et voir s'ils peuvent se déplacer et rester au chevet de l'enfant.

- C'est ce que je comptais faire.

- Écoutez, prévenez-les et je reste à votre disposition pour leur expliquer la situation. Voilà. N'hésitez pas si vous avez des questions, on est là pour ça. Bon courage.

- Merci Docteur.

Julien était en état de choc. Il appela la tante de Zacharie qui ne comprenait pas ce qui était arrivé. Puis, elle déclara à Julien qu'elle n'avait pas d'argent pour venir en France, qu'elle ne savait pas du tout comment elle pouvait trouver autant d'argent.

- Je vais vous envoyer un mandat par la poste, d'accord ?

- Oui, d'accord. Mais comment je vais faire pour vous rembourser moi ? Je n'ai pas d'argent, vous savez !

- Oui je le sais. Ce n'est pas grave, on verra plus tard, ne vous préoccupez pas de ça. Pour l'instant ce qui compte c'est la santé de Zacharie.

- D'accord.

- Je vous envoie ça demain. D'accord ?

- D'accord.

- Dès que vous l'avez reçu, vous prenez un billet pour Paris et de Paris, vous venez à Bordeaux, en avion aussi. D'accord ?

- D'accord.

Elle raccrocha. Julien n'était pas certain qu'elle ait tout compris de ses explications.

Il rentra chez lui, abasourdi.

11-Le jeu de la vérité

Passe la main et bats tes cartes. La vie est un coup de poker.

Julie sentit un papier dans sa poche de trench. Elle avait oublié de rendre les lettres trouvées au grenier à sa mère. Elle les relut l'une après l'autre, examina les dates. Quelque chose lui échappait dans les explications de sa mère.

19 septembre 1992
Mon amour,
Je t'ai regardé partir ce matin avec le sentiment que je ne te reverrai pas, que cette fois était la dernière.
Tu avais l'air distant ce matin et je me demande si tu ne vas pas me quitter. Tu as ri hier soir quand je t'ai proposé de partir avec moi, de tout laisser pour aller vivre ailleurs.
Je ne peux plus continuer ainsi et je crois bien que nous devrions arrêter de nous voir.
Je t'aime plus que tout. Coline

21 septembre 1992
Mon amour,

Ce n'est pas vrai que je ne veux plus te voir, quand je dis cela c'est pour te faire du mal, car je sais que tu souffres toi aussi. En disant cela, j'espère te faire réagir, mais hélas tu ne prends aucune décision.
Oh, mais qu'allons-nous devenir ?
Tu me dis que tu ne peux pas te passer de mes caresses ni de mes baisers, que tu penses à moi jour et nuit et que tu savoures chaque instant passé auprès de moi, que ces moments sont si précieux qu'il ne faut pas les gâcher par des questions. Parfois tu dis aussi que le destin s'est trompé, que c'est avec moi que tu aurais dû te marier.

Oh si seulement il n'y avait pas ta fille, il n'y avait pas mes enfants. Mais peut-être qu'elle pourrait comprendre ? Tu sais, elle va grandir et fera sa vie à son tour. Les miens aussi.

Réponds-moi je t'en prie, tes silences me pèsent et obscurcissent mes jours.

Pour Julie, cette lettre montrait qu'elle et son frère n'étaient pas la priorité de sa mère.

Et elle trouvait ces lettres trop mièvres.

11 Octobre 1993
Mon amour,

L'amour est venu frapper à notre porte et aujourd'hui nous ne savons qu'en faire. Sais-tu combien d'hommes et de femmes connaissent cet amour-là ?

Aujourd'hui, je suis passée devant notre appartement que tu as loué pour nous et les volets roulants étaient bien entendu, descendus. Ces volets m'ont paru trop blancs, et froids, si froids. Qui pourrait croire qu'ils ont abrité deux amants, tels des voleurs ? Voleurs de temps, de rêves, de plaisir.

Je me suis demandé si, lorsque les volets se relèveront, avec eux, les souvenirs remonteront aussi. Car tu l'as compris, nous ne nous reverrons pas. Mais suffit-il d'un geste pour faire dérouler devant nos yeux hagards les scènes des jours heureux ?

Nous avons été des voyageurs clandestins, embarqués sur le navire de la passion, mais notre bateau a fait naufrage.

Leur histoire avait commencé avant septembre 1992 et s'était terminée en octobre 1993…

Après ton frère est tombé malade avait-elle dit …

Mais mon frère est tombé malade en 1991, pensa-t-elle et il est mort en décembre 1993 donc elle avait déjà sa liaison quand Arthur était malade …

Sa mère lui avait menti. Elle essaya de se rappeler quels étaient les amis de ses parents lorsqu'elle était enfant, mais elle n'y parvint pas.

La mère de Julie avait dû en écrire d'autres, peut-être une dizaine, peut-être plus, mais lui, avait-il répondu à ses lettres ? Où étaient ses réponses ?

Longtemps Julie avait pensé que sa mère ne s'était jamais remise de son divorce, mais aujourd'hui, elle se demandait si son père n'avait pas appris l'existence de cette liaison et si ce n'était pas le motif de son départ. Julie avait été en première ligne des déchirures de ses parents, au milieu d'une séparation qu'elle ne souhaitait pas.

*

Zahia, la tante de Zacharie était arrivée à l'aéroport de Bordeaux Mérignac dans l'après-midi. Julien qui l'attendait avec impatience la repéra facilement. Elle était vêtue d'un boubou orange et ocre. À peine arrivée, Zahia tenta de déculpabiliser Julien.

- Ne t'inquiète pas, ça aurait pu aussi arriver avec moi. C'est comme ça. Il n' faut pas que tu t'en veuilles comme ça !

- Si je m'en veux … J'aurais dû être plus prudent …

- C'est pas de ta faute. Tu y es pour rien ! Allez, conduis-moi auprès de lui maintenant.

- Oui Zahia, nous y allons.

- J'vais pas pouvoir rester longtemps, tu sais… J'ai mes petits qui m'attendent et mon mari doit travailler pour ramener de l'argent.

Son mari était chauffeur de taxi indépendant et gagnait environ cinquante mille Francs CFA par mois, l'équivalent de soixante quinze euros.

Alors, reprit-elle, c'est une voisine qui me les garde, mais elle a elle aussi ses cinq enfants à s'occuper.

- Oui je comprends Zahia. Mais combien de temps peux-tu rester ?

- Trois ou quatre jours.

- C'est tout ?

141

- Oui seulement ça. Après j'ai plus personne pour garder mes petits.

- Je veillerai sur lui. On pourrait le rapatrier au Bénin, mais ici, il est bien soigné, bien entouré par l'équipe médicale.

- Oui je pense qu'il faut le laisser ici, avec toi. Et avec les médecins français aussi. Mais comment on va faire pour payer ?

- Avez-vous une assurance maladie là-bas ?

- Oui je crois que mon mari en avait pris une. Il en avait une quand il travaillait chez son patron, mais maintenant il travaille pour lui alors je sais pas s'il en a pris une.

- Il faut absolument que tu vois une assistante sociale de l'hôpital, elle va te dire si une prise en charge est possible et elle va t'aider pour savoir ce que tu dois faire. Zacharie est en réanimation et une journée coûte très cher. Elle t'expliquera tout ça.

- Oui, d'accord je vais faire ça alors.

Ils pénétrèrent doucement dans la chambre. Zahia se mit à pleurer en voyant son neveu dans le coma.

- Mon Dieu ! Mon Dieu ! Faîtes qu'il se réveille !

Julien alla chercher le médecin pour qu'il explique à Zahia ce dont souffrait Zacharie.

- Vous savez, dit-il après lui avoir exposé la situation, il peut très bien se réveiller aujourd'hui ou demain comme dans trois mois ou six. On ne peut jamais savoir.

Zahia était sous le choc. Elle ne pensait pas que c'était si grave.

Julien avait réussi à obtenir un rendez-vous pour Zahia avec l'assistante sociale de l'hôpital en lui expliquant que Zahia était là pour trois ou quatre jours seulement. Elles devaient se rencontrer le lendemain.

Julien laissa Zahia seule avec Zacharie quelques instants. Il avait besoin de se reposer. Il était à son chevet depuis trois jours et il ne l'avait pas quitté un seul instant.

Il était allé se chercher un café et s'était maintenant assis. Le regard fixé au sol, il était perdu dans ses pensées. Il se décida enfin à rentrer chez lui pour dormir un peu.

Julie finissait de se démaquiller dans les vestiaires de l'hôpital. Elle croisa le docteur Avril.

- Tiens, bonjour Julie. Comment ça va ?

- Bonjour. Ça va et vous ?

- Ça va. J'ai fini ma journée, je m'apprêtais à rentrer chez moi.

- J'ai appris pour la petite Charlène …

- Oui…

- Comment faites-vous pour vous habituer à la maladie, à la souffrance des gens ?

- On ne s'habitue pas tu sais… On fait tout pour vaincre la maladie, jusqu'au bout. On se bat avec la famille et avec les malades. On essaie de les accompagner comme on peut, mais ce n'est pas facile. Pas facile du tout. Nous aussi on a un cœur, sous la carapace du médecin se cache aussi un homme, un père de famille…

- Oui j'imagine que vos journées ne sont pas toujours drôles …

- C'est vrai. Mais parfois elles peuvent être belles quand on arrive à guérir un enfant. Et mes journées peuvent être marrantes quand je croise un clown comme toi ! Même si je sais que derrière ce déguisement, se cache une blessure profonde, une certaine tristesse que tu te trimbales n'est-ce pas ?

- Vous me connaissez depuis si longtemps …

- Oui, plus de vingt ans … ça ne me rajeunit pas tout ça !

- Et ma mère, vous parliez souvent avec elle quand vous soigniez mon frère ?

- Oui, nous parlions beaucoup.

- Elle se confiait à vous ?

- Un peu, oui …

- Elle vous parlait de mon père ?

- Oui, un peu.

- Elle vous disait quoi ?

- Que ça n'allait plus trop entre eux…

- J'ai découvert que ma mère avait eu une relation extra conjugale, pendant que mon frère était malade…

- Comment tu l'as découvert si ce n'est pas indiscret ?

- Je suis tombée sur des lettres écrites par ma mère. Au début, je ne savais que c'était ma mère…

- Et elle t'a parlé de cette relation ?

143

- Non, elle n'a rien voulu me dire…

- C'est son jardin secret…

- Peut-être, mais je trouve que lorsque son enfant est malade, on se préoccupe davantage de lui que de se trouver un amant !

- Comment sais-tu qu'elle a cherché un amant ?

- Je suppose qu'elle cherchait quelqu'un d'autre si ça n'allait pas avec mon père !

- Pas forcément ! Il peut arriver qu'un amour vous tombe dessus sans que l'on ait cherché quoi que ce soit.

- Vous, vous savez quelque chose !

- Qu'est-ce qui te fait dire ça ?

- … Vous savez qui c'était c'est ça ?

- Peut-être …

- C'était quand même pas vous ?

- Et qu'est-ce que ça changera que tu saches qui c'était ?

- Je ne sais pas… Mais j'ai besoin de savoir, c'est tout !

- J'ai rencontré ta mère pour la première fois ici, à l'hôpital. Nous nous côtoyions tous les jours. Nous sommes devenus très proches c'est vrai.

- Ton frère a eu une rémission et j'ai proposé à tes parents de leur prêter un appartement à la montagne où il pourrait l'emmener. Nous avions même dîné ensemble tous les quatre, tes parents, ma femme et moi.

- Ah bon ?

- Oui. Ensuite, ton frère a rechuté. Ton père ne soutenait pas vraiment ta mère d'après ce qu'elle me disait et d'après ce que je pouvais constater aussi. Nous nous sommes rapprochés.

- Vous êtes devenus amants ?

- C'est difficile de parler de ça avec toi…

- Pourquoi ?

- Parce que tu es dans le jugement et que tu ne dois pas l'être vis-à-vis de ta mère.

- Je vous promets que je ne vous jugerai pas, ni vous, ni elle. J'ai juste besoin de savoir.

- Oui, nous avons été amants. J'ai aimé ta mère, mais elle savait que je ne quitterai pas ma famille.

- Elle aussi, je crois qu'elle vous aimait très fort…

- Oui. J'ai été présent lorsque ton frère est mort, mais je ne voulais ni ne pouvais prendre la place de son mari. Je l'ai quittée parce qu'elle s'accrochait trop et attendait quelque chose que je ne pouvais lui offrir.

- Elle n'a pas été une mère très présente ni très aimante, à mon égard en tout cas.

- J'avais remarqué qu'elle t'occultait quand ton frère était malade, mais je pensais que ça passerait avec le temps et qu'elle reporterait tout son amour sur toi.

- Je ne sais pas sur qui elle l'a reporté, mais pas sur moi ! Sans doute sur ses chats ! Elle est devenue aigrie et méchante.

- Elle a beaucoup souffert de la perte de ton frère.

- Moi aussi j'ai beaucoup souffert et d'avoir perdu mon frère et parce que ma mère ne me donnait pas d'amour. Et j'en souffre encore si vous voulez savoir.

- Oui je comprends. Il faudrait que quelqu'un lui parle…

- C'est inutile. Et je n'ai plus envie de la voir.

- Il ne faut pas dire ça Julie. C'est ta mère, tu as besoin d'elle et elle a besoin de toi.

- Vous vous trompez, elle n'a besoin de personne, elle n'aime personne. Quant à moi, c'est avant que j'avais besoin d'elle. Depuis toutes ces années, j'ai appris à faire sans elle. Alors, que je la voie ou pas, ça ne changera pas grand-chose.

Julie s'apprêtait à quitter l'hôpital, un peu déboussolée par les confidences du Docteur Avril. Elle était loin de s'imaginer que sa mère, cette femme, si froide, si dure, si distante, si aigrie, si fade, avait pu autrefois aimer un homme en secret et avoir une double vie.

Elle marchait en regardant par terre et ne remarqua pas l'homme qui s'était levé devant elle, qui s'apprêtait à jeter le gobelet en plastique blanc à la poubelle, située près de la sortie.

Elle le heurta violemment et le choc l'éveilla.

- Julien ?

- … Salut.

- Qu'est-ce … Qu'est-ce que tu fais là ?

- C'est une longue histoire !

- Ça va ? Tu as l'air crevé !

- Oui je rentrais me coucher.

- Mais tu es là pour quoi ?

- Pour qui, plutôt… J'ai quelqu'un qui m'est cher hospitalisé suite à un accident.

- Ah… Quelqu'un que je connais ?

- Non.

- Ah bon. Ben j'espère que ce n'est pas trop grave alors. J'imagine qu'il s'agit de ta copine …

- Non. Mais c'est une longue histoire je te l'ai dit et là j'ai vraiment besoin de dormir un peu…

- Tu veux que je te raccompagne ?

- Si ça ne te dérange pas, alors je veux bien.

Elle le raccompagna chez lui et il lui demanda de rester près de lui. Il dormit douze heures d'affilée. À son réveil, Julie était partie, mais elle avait laissé un petit mot sur le lit.

Je suis partie, car tu dormais comme un bébé et je ne voulais surtout pas te réveiller. Appelle-moi quand tu veux. Je t'embrasse. Ta Julie

Julien remarqua la signature *Ta Julie*. Il prit une douche et appela Julie. Ils convinrent d'un rendez-vous dans un jardin, non loin de l'hôpital. Julie s'était assise sur un banc en attendant Julien. Il arriva d'un pas pressé. Cela leur parut étrange de se retrouver là, sur un banc d'un jardin public. Julien se sentait maladroit, mal à l'aise. Il repensait à ce message envoyé à Julie avant de partir pour le Bénin et au silence qui s'en était suivi. Il avait tellement rêvé se trouver là avec elle qu'il ne parvenait pas à réaliser qu'elle était près de lui en ce

146

moment même. Ils étaient collés l'un à l'autre, comme des chatons effrayés, et pourtant, une distance s'était installée. C'est Julie qui commença à parler.

- Alors, c'est qui cette personne que tu dois aller voir à l'hôpital ?

- C'est Zacharie, un enfant que j'ai rencontré au Bénin.

- Et qu'est-ce qu'il faisait avec toi ? Tu es avec sa mère ? C'est ta copine ?

- Non, Zacharie n'a plus ses parents. Seulement une tante et un oncle. Il est venu avec moi pour passer quinze jours de vacances en France et il devait repartir ensuite. C'est un gamin qui s'est attaché à moi, là-bas, et à qui je suis moi aussi très attaché.

- J'ai été très surprise quand j'ai appris que tu partais là-bas... Tout s'est fait si vite, si brutalement...

- C'est pour cela que tu n'avais pas répondu à mon message, la surprise t'en a empêchée ?

- Non. Je ne savais pas quoi répondre. Alors, j'ai préféré garder le silence.

- Tu aurais pu me répondre que tu ne ressentais rien pour moi, je l'aurais admis tu sais !

- Je ne pouvais pas te répondre ça puisque ce n'est pas la vérité !

- Et alors, la vérité quelle est-elle ?

- Tu la connais...

- Non, si je te la demande c'est que je ne la sais pas !

- On peut parler d'autre chose ?

Julien soupira en guise de réponse.

- Alors, qu'est-ce qu'il lui arrive à ce petit Zacharie ?

- Il est tombé en faisant du skate et il a un traumatisme crânien. Il est dans le coma depuis quatre jours.

- Aïe...

- Sa tante est venue, mais elle est obligée de repartir, elle a cinq enfants qui l'attendent là-bas.

- Et c'est toi qui es chargé de veiller sur lui si je comprends bien ?

- Oui, qui d'autre le pourrait ?

- Je peux faire quelque chose ?

- Oui.

- Quoi ?

- M'embrasser…
- Non je voulais dire pour Zacharie.
- M'embrasser aussi !
- Mais ça ne changera rien à l'état de Zacharie !
- Mais ça changera mon état à moi !
- Tu exagères !
- Tu trouves ? demanda Julien en s'approchant de Julie.

Et il l'enveloppa d'un baiser brûlant qui lui rappela le baiser échangé sur le bord d'un trottoir face au café des gens heureux, quelques mois auparavant, et celui de Paris où elle avait dit qu'il serait le dernier. Aujourd'hui, ils étaient seuls sur ce banc qui retenait entre ses lames de plastique vert toute la chaleur du soleil de midi, au milieu d'un jardin vide et silencieux. Julie se laissait emporter par ce tourbillon d'amour et oubliait sa promesse. Elle trouvait ce baiser meilleur que ceux passés et avait envie de se laisser bercer par cette vague de douceur. Il lui mordillait l'oreille, lui chuchotant des « je t'aime », descendait dans son cou et revenait à ses lèvres. Ils restèrent ainsi à s'étreindre une vingtaine de minutes. Elle avait envie de dire non, mais son corps et son cœur disaient oui. Cette fois, la raison ne l'emporta pas. Julie devait se rendre à l'évidence, elle aimait non pas un, mais deux hommes en même temps. Peut-être avait-elle trop d'amour à donner et à recevoir parce qu'elle n'en avait pas reçu suffisamment enfant ? Elle ne se trouvait pas d'excuses, les faits étaient juste là. Seulement, elle le savait, il lui faudrait faire un choix.

Ils retournèrent à l'hôpital au chevet de Zacharie. Zahia avait rencontré l'assistante sociale qui lui avait dit qu'il n'existait aucun dispositif prenant en compte les personnes en séjour provisoire en France et qu'elle devait s'acquitter de l'intégralité des frais d'hospitalisation et de soins de Zacharie. Si elle avait une assurance maladie, elle devait se rapprocher de son organisme. Après quelques démarches, Zahia apprit que son époux n'était pas à jour de ses cotisations et que par conséquent, leur assurance ne pouvait couvrir les frais de Zacharie. Zahia était catastrophée. Comment allait-on payer ? Julien prit alors la décision d'avancer les frais d'hôpital qui s'élevaient déjà à plus de dix mille euros et paya les cotisations de toute la famille pour une année.

La tante de Zacharie partit au bout de trois jours, sans que l'enfant ne se soit réveillé. Julien lui promit de veiller sur lui. Chaque jour qui passait ressemblait au précédent. Julien arrivait à l'hôpital vers midi et en repartait vers vingt heures. Il ouvrait les rideaux sombres pour laisser entrer la lumière du jour. Et durant tout ce temps, il parlait à Zacharie, de ce qu'ils feraient quand il sortirait de l'hôpital, du temps qu'il faisait dehors, de la lumière du jour, blanche, mauve ou orangée, des événements dans le monde, de sa famille qui l'attendait au Bénin, de leur pensée pour lui. Il lui racontait les beautés qu'il avait croisées dans ses voyages et il refaisait ainsi ses voyages à l'envers. Il lui suffisait de parler des épices pour que l'odeur se diffuse dans la chambre.

Il lui peignait les différents mers et océans dans lesquels il avait nagé, il lui parlait des mouettes et des goélands. Il lui soufflait la liberté, la pudeur, la tolérance et le partage.

Il lui parlait de tout et de rien comme s'il attendait une réponse. Si quelqu'un avait écouté derrière la porte à ces moments-là, il aurait pu croire à une discussion entre deux personnes. Il lui faisait écouter de la musique, il lui mettait un casque sur les oreilles et il alternait musique classique et chansons que Zacharie aimait écouter avant l'accident. Il lui faisait la lecture, en prenant soin de lui expliquer les mots difficiles. Il lui lisait Pagnol, il lui lisait Hugo, des romans et des poésies. Il lui parlait d'amour en pensant à Julie et ne s'entendit pas prononcer son prénom. Il restait assis des heures dans un fauteuil déformé par la douleur de ceux qui s'y étaient reposés avant lui. En fin d'après-midi, quand la lumière commençait à baisser, il lui racontait des secrets comme une berceuse que l'on chante à son enfant. Le soir, en partant, il tirait les pans de rideaux lourds et opaques jusqu'à ce qu'ils se touchent et laissent la chambre dans l'obscurité. Il confiait l'enfant à des ombres auxquelles il ne croyait pas avant. Aujourd'hui, il demandait sans savoir à qui il devait s'adresser, il implorait de sauver cet enfant. Il ne vivait plus que pour cela.

Ce n'est qu'à l'aube du huitième jour que Zacharie se réveilla.

Sa main toucha le bras de Julien qui s'était endormi près de lui. Ce geste réveilla Julien qui releva la tête vers l'enfant qui le regardait, les yeux grands ouverts.

- Bonjour Zacharie, dit Julien dans un large sourire.

Zacharie ne lui répondit pas, mais il ne le quittait pas des yeux. Julien appuya sur la sonnette pour prévenir l'infirmière tout en parlant à Zacharie.

- Tu m'entends ?
- Oui, répondit faiblement le garçon.
- Comment te sens-tu ?
- Fatigué.
- Tu me reconnais ?
- Oui.
- Tu sais comment je m'appelle ?

L'infirmière entra à ce moment-là dans la chambre et s'écria :

- Oh, je préviens vite le docteur !

Julien était si heureux qu'il ameuta tout le service de l'hôpital. Il prévint l'oncle et la tante de Zacharie en leur promettant de les tenir informés dès qu'il aurait du nouveau auprès du médecin. Très vite, on s'aperçut que Zacharie avait des difficultés à coordonner ses pas. Mais le médecin était confiant et avait déclaré que Zacharie s'en sortait plutôt bien. Il faudrait de la patience et beaucoup de séances de kinésithérapie et sans doute aussi beaucoup d'amour.

*

Alex avait secrètement organisé une fête pour le départ à la retraite de Jacky. Il avait trouvé un prétexte pour l'éloigner du café toute la journée et le faire revenir le soir même.

Ils avaient tous mis la main à la pâte. Il ne restait plus qu'à accrocher la banderole colorée « Bonne retraite, Jacky ! » et tout était prêt.

Les tortillas fumaient dans la cuisine, les tapas s'étalaient sur toutes les tables. Les verres étaient soigneusement disposés à côté des serviettes en papier. Yvette et Julie avaient préparé une centaine de petites verrines à elles deux qu'elles offriraient sur de petits plateaux argentés.

Jacky entra et à peine avait-il mis un pied dans le café qu'il renifla quelque chose d'inhabituel. C'était bien trop calme. Mais il n'eut pas le temps de se poser trop de questions, ses amis sortirent de leur cachette en criant « Surprise ! »

- Oh, mais qu'est-ce ça veut dire ? grogna-t-il d'abord.

En réalité, il était ému aux larmes et voulait cacher son émotion en grommelant. Il les embrassa tous les uns après les autres, les serrant dans ses bras, heureux de les voir tous autour de lui. On lui demanda un discours qu'il n'avait pas préparé. Mais il ne défila pas pour autant.

- Eh bien tout d'abord, je tiens à vous remercier tous d'être là ce soir. Ça pour une surprise, dit-il en riant, c'est une surprise ! Et toi, lança-t-il à Bernard, tu m'avais dit que tu étais à La Rochelle ce soir ! Ah, je te retiens !

Les autres éclatèrent de rire.

- Je disais donc, merci à tous d'être venus ce soir, comme tous les autres soirs depuis toutes ces années, pour certains… Merci pour votre générosité, votre confiance, pour vos confidences, votre amitié, votre solidarité. Sans vous, le café n'existerait pas aujourd'hui. En tout cas, il ne serait pas celui-là… Un merci particulier à Alex qui va reprendre tout ça ! Alex, dit-il en s'adressant à lui, je ne te confie pas seulement le lieu, je te confie aussi mes clients, qui sont devenus mes amis aussi… Prends-en bien soin.

Alex acquiesçait de la tête. Qui d'autre que lui aurait pu reprendre *Le café des gens heureux* ? Qui d'autre que lui savait écouter les gens heureux se plaindre de leurs malheurs ? Les gens, heureux ou malheureux, ont besoin de parler de leur vie. Alex les éclairait. À chaque problème sa solution disait-il. On a toujours quelque chose ou quelqu'un à qui se raccrocher, et qui vous rend la vie plus belle. Souvent, les gens heureux ignorent qu'ils sont heureux. Ils ont un presque hiver dans le cœur quand le printemps est à leurs pieds. Les grands malheurs laissent des cicatrices, des bleus à l'âme qui rendent les êtres plus savants et plus nobles, plus forts et plus aimants. Alors, qui d'autres que les gens heureux pouvaient à nouveau remplir le café de bonne humeur, de chaleur et de lumière ?

Jacky continua son discours. En y repensant quelques jours plus tard, Julie se dit que personne ne pouvait prévoir à cet instant précis, ce qui allait se passer par la suite.

151

On déboucha des bouteilles de champagne. Yvette s'était mise sur son trente-et-un et brillait de mille feux. Ses yeux s'allumaient dès que Jacky prenait la parole et le monde autour d'elle n'existait alors plus. Elle avait mis pour l'occasion des breloques à ses poignets et des fleurs dans ses cheveux, qu'elle allait réajuster de temps en temps devant le miroir des toilettes.

Les invités sortaient fumer sur le trottoir en laissant la porte ouverte, ce qui exaspérait Yvette.

- Oh, mais ça pue la clope ! pouvez pas fermer la porte, non ? ! grognait-elle en la fermant elle-même.

À deux heures du matin, la fête était finie et tout le monde partit se coucher. Jacky resta pour aider à débarrasser, nettoyer et ranger avec Alex, Julie et Yvette.

- On fera le reste demain, ordonnèrent les femmes.

- Oui, je pense qu'il est temps d'aller se coucher, affirma Alex.

Jacky avait envie de rester un peu plus longtemps, il faisait même traîner un peu. Il donnait même des dernières recommandations à Alex.

- Ça se voyait qu'il avait envie de rester encore dans son café ! dit Julie à Alex en rentrant.

- Oui, il va avoir du mal à couper le cordon, je pense ! Le café, c'était son bébé…

- Tu vas le voir souvent alors !

- Oui, je crois bien. Et en même temps, moi aussi je vais avoir du mal à couper le lien avec lui… Je lui dois beaucoup.

- Je sais … Moi aussi. Jacky, c'est un père de substitution, alors ne plus le voir me serait insupportable.

- Il n'y a pas de raison de ne plus le voir. On l'invitera à dîner à la maison.

- Non, on les invitera ! Tu as vu comme ils se mangeaient des yeux lui ct Yvette !

- Un peu que j'ai vu ! Y a du mariage dans l'air !

- Tu crois ?

- J'en suis sûr !

- Tant mieux, je trouve qu'ils vont bien ensemble…

- Et nous, tu trouves qu'on va bien ensemble ?

- Évidemment ! Quelle question !

- Alors, épouse-moi ! dit Alex en embrassant Julie.

152

- Là, maintenant ?
- Le plus vite possible !
- Tu es fou !
- Fou de toi, oui !

*

La sonnerie du téléphone d'Alex les réveilla à cinq heures du matin. Il ne répondit pas la première fois, mais devant l'insistance, il alluma sa lampe de chevet et regarda l'écran de son téléphone. C'était Yvette. Il répondit avec une voix enrouée.

- Alex, excuse-moi de te réveiller, c'est Yvette…
- Oui Yvette, que se passe-t-il ?

Julie, à présent réveillée, s'était assise dans le lit, tendant l'oreille.

- C'est Jacky…, reprit Yvette.
- Quoi Jacky ? Qu'est-ce qu'il a ?
- Il est … Il est mort !

Et elle éclata en sanglots.

- Quoi ? Comment ça il est mort ?
- Oui …
- Mais enfin, qu'est-ce qu'il s'est passé ? C'est pas possible !
- Si. Il a eu un malaise cardiaque, il est tombé, j'ai vite appelé les secours, mais quand ils sont arrivés, c'était déjà trop tard…
- Qu'est-ce qu'il y a ? demanda Julie. Qui est mort ?

Alex ne disait plus rien. Il trouva juste bon d'ajouter : « On arrive. »

Julie le regardait hébétée. Elle ne comprenait pas ce qu'il se passait. Ou plutôt, elle avait cru comprendre, mais ne pouvait admettre cette nouvelle fatalité. Trois heures avant, ils étaient tous réunis. Elle savait pourtant que la vie pouvait être retirée à chaque instant.

- Non !, réussit-elle à dire. Pas Jacky …

Il lui sembla que la pièce tournait autour d'elle, que les meubles gondolaient et se déformaient telle de la pâte à modeler.

153

Elle faisait un mauvais rêve. Mais la voix d'Alex la ramena à la réalité.

- Habille-toi Julie.

*

Ils pénétrèrent dans cette chambre à demi éclairée. Il était étendu sur le lit. Il avait l'air endormi. Yvette racontait en boucle la scène. Il avait porté la main à sa poitrine là devant le lit, il était en train de se déshabiller et puis il s'était effondré sur le sol. Elle avait essayé de le ranimer, mais devant son impuissance, avait appelé les secours et lorsqu'ils étaient arrivés, Jacky était déjà mort.

- La mort va si vite, dit Yvette les yeux dans le vide. Elle vous prend comme ça en l'espace de quelques secondes, elle frappe n'importe qui, n'importe quand, n'importe où…

Alex posa sa main sur l'épaule d'Yvette. Elle était en état de choc. Les pompiers la prirent en charge. Julie était debout et s'appuyait contre le mur de la chambre. Elle était dans le déni, répétait « ce n'est pas possible … » et fixait le corps de Jacky.

Alex la fit sortir de la chambre et la ramena chez eux.

Les obsèques eurent lieu trois jours plus tard sous une pluie diluvienne. Le parvis de l'église était saturé de pluie. L'église était pleine à craquer. Les larmes se mêlaient aux gouttes de pluie qui n'avaient pas séché. On entendit une chanson de Charles Aznavour que Jacky aimait particulièrement « Hier encore » lorsque son cercueil pénétra dans l'église.

Le prêtre lut un passage de l'Évangile de Jésus-Christ selon Saint-Jean « *A l'heure où Jésus passait de ce monde à son Père, il disait à ses disciples :*

« Ne soyez donc pas bouleversés : vous croyez en Dieu, croyez aussi en moi.

Dans la maison de mon Père, beaucoup pourront trouver leur demeure, sinon, est-ce que je vous aurais dit : Je pars vous préparer une place ?

Quand je serai allé vous la préparer, je reviendrai vous prendre avec moi ;

et là où je suis, vous y serez aussi.

Pour aller où je m'en vais, vous savez le chemin. »

Thomas lui dit :

« Seigneur, nous ne savons même pas où tu vas ; comment pourrions-nous savoir le chemin ? » Jésus lui répond :

« Moi, je suis le Chemin, la Vérité et la Vie ; personne ne va vers le Père sans passer par moi. »

Alex avait préparé un discours. Il avait dans la voix des sanglots qui la faisaient chevroter.

- Un jour, j'ai discuté de la mort avec Jacky. Il me disait qu'il croyait très fort à une vie après la mort. J'ai choisi de vous lire un extrait du Petit Prince de Saint-Exupéry :

Cette nuit-là, je ne le vis pas se mettre en route. Il s'était évadé sans bruit. Quand je réussis à le rejoindre, il marchait, décidé, d'un pas rapide. Il me dit seulement :

- Ah ! Tu es là …

Et il me prit par la main. Mais il se tourmenta encore :

- Tu as eu tort. Tu auras de la peine. J'aurai l'air d'être mort, mais ce ne sera pas vrai …

Moi, je me taisais.

- Tu comprends. C'est trop loin. Je ne peux pas emporter ce corps-là. C'est trop lourd.

Moi, je me taisais.

- Mais ce sera comme une vieille écorce abandonnée. Ce n'est pas triste les vieilles écorces.

D'autres discours s'enchaînèrent. Dehors, la pluie continuait à tomber. Des trombes d'eau assourdissaient les discours solennels et tristes, grands et déchirants.

Soudain, un CD se mit en marche tout seul, le volume au maximum. La chanson couvrit une voix féminine qui lisait son discours écrit sur un bout de papier. Dans l'assistance, certains y virent un signe de la présence de Jacky. D'autres se retinrent de rire tant la scène était folklorique. Le curé, affolé, gesticulait dans tous les sens, ne parvenant pas à éteindre la musique. Il fallut qu'Alex intervienne pour arrêter la cacophonie.

- Même mort, faut qu'il nous fasse des blagues ! chuchotèrent quelques-uns de ses amis. Quel farceur ce Jacky !

12-Les cinq sens

Mes mains ont voyagé pour arriver jusqu'à tes bras. Tes yeux dans
mon miroir réchauffent mes nuits froides.

La vie reprit son cours difficilement au Café des gens heureux. Les habitués venaient, mais leur sourire les avait quittés. L'ambiance des jours heureux avait laissé place à la morosité. C'est Julie qui avait eu l'idée de changer la décoration du café. Tout se fit en deux jours. Les murs furent repeints dans les tons de rouge carmin et l'on disposa les tables différemment. Des luminaires gris argenté descendaient du plafond. Le bar eut droit lui aussi à un rafraîchissement. Seul le piano resta à sa place. Au mur, Julie accrocha un portrait de Jacky en noir et blanc. Aujourd'hui, elle voulait que les gens se souviennent de lui en venant au café, elle voulait qu'il soit encore parmi eux. Elle se souvint de ce jour où elle le prit en photo, elle avait l'impression que c'était hier. Il avait posé là derrière son bar, les bras accoudés au comptoir, les yeux rieurs, le sourire généreux. Elle pouvait l'entendre encore.

- Tu vas pas mettre une photo de moi au milieu d'une de tes expositions, hein ? Parce que là, tu vas faire fuir tout le monde, je te le dis !

- Arrête donc de dire des bêtises lui avait rétorqué Julie. En plus, tu es très photogénique !

- Tu me dis ça pour me faire plaisir !

- Non, je t'assure c'est la vérité. Regarde, dit-elle en lui montrant son image sur l'écran.

- Bah bah…

- OK, je la garde pour moi !

Il manque, pensa Julie. Partout, dans chaque recoin du café, il manque. Sa voix, chaude, rassurante ne se fera plus jamais entendre. Soudain, une voix ressemblant à la sienne se distingua des autres et alors Julie se retourna, instinctivement. Mais sa joie retomba aussitôt. Comment serait-ce possible, voyons ! Et puis, à bien écouter cette voix, elle n'avait rien de comparable à celle de

156

Jacky. La sienne était toujours chantante, mélodieuse et fluide. Celle-ci était cassée, triste, monotone. Un instant, elle avait cru pourtant entendre un grain dans la voix, un tout petit grain… Un instant. Alors, elle se souvint. Ses gestes, assurés, ses conseils toujours justes, son amitié toujours sincère et pure, ses phrases consolatrices, ses anecdotes impayables, son paternalisme, son charisme, son large sourire quand elle lui annonçait une bonne nouvelle, son sourcil gauche qui se relevait quand il semblait perplexe, ses yeux rieurs et son silence quand il entendait une confidence d'Alex à son sujet, sa…

Elle lâcha soudain le verre qu'elle tenait depuis un moment dans sa main qui s'était crispée et des éclats de verre volèrent autour d'elle et se répandirent largement sur le sol, tout comme ses larmes qu'elle n'avait pu retenir. Ses lèvres tremblaient, son regard était fixé sur ces bouts de verre, sa vue se brouillait, elle ne voyait plus rien et n'entendait pas Alex qui lui demandait, inquiet, si elle allait bien.

*

Elle avait besoin de se changer les idées. Elle invita sa copine Sophie à dîner en tête à tête.

D'accord il aime Johnny Hallyday et moi The Doors ! dit Sophie à Julie qui l'écoutait, les jambes repliées sur le canapé. Il est tout ce que je n'aime pas. Il lit « chasseur français », moi « Le Monde ». Il passe ses vacances au club Med, moi je pars en randonnée. On vit sur deux planètes diamétralement opposées.

- Il fait quoi dans la vie ? Astronaute ? demanda soudain Julie, amusée.

- Chauffeur de bus et y a plein d'étoiles dans ses yeux !

- Et laisse-moi deviner… T'es monté dans son bus, t'avais pas poinçonné ton ticket et paff, grillée, il a voulu te faire descendre du bus, mais s'est ravisé parce qu'il t'a trouvée jolie !

157

- Non, ça ne s'est pas passé exactement comme ça. Ça fait trois mois que je prends le bus tous les jours pour aller à mon nouveau job. Tous les matins, le bus est bondé et je me retrouve toujours à côté de lui. On s'est mis à parler comme ça, de tout et de rien au début. Et puis nos conversations sont devenues plus intimes. On s'est raconté nos vies. Et puis l'autre matin il m'a clairement dit qu'il voulait qu'on se voie en dehors de son travail et il m'a proposé de m'inviter à dîner.

- Et ?

- Je suis allée chez lui. Je n'aime pas son appartement très rococo, mais j'aime être avec lui.

- L'appartement on s'en fiche !

- Mais y'a plein de trucs que je n'aime pas chez lui ! Mais c'est le seul homme qui ne m'ait jamais donné autant de plaisir au lit !

Julie se mit à rire : ah alors donc c'est juste sexuel ? !

- Non je ne crois pas, enfin peut être. Une attirance, du désir, du plaisir. J'ai l'impression de découvrir le plaisir ! Tous mes sens sont en éveil. Dès que ses mains se posent sur moi, ma peau tressaille, mon corps se tord de plaisir. Je rencontre des saveurs nouvelles en goûtant sa peau, un doux mélange d'épices, tantôt sucrées tantôt salées et découvre des senteurs enivrantes quand je la respire, des extraits d'essence de jasmin et de vanille. Le son grave de sa voix me transporte jusqu'à l'autre bout du monde. Parfois, tous ses traits se mobilisent pour capturer un sourire de moi. Et lorsque je lui offre, ses yeux pleins de malice renvoient le bonheur saisi au vol. Et puis c'est l'homme le plus gentil que j'ai jamais connu.

- Toi, tu es en train de tomber amoureuse !

- Ça fait tellement longtemps que je ne l'ai pas été ma Juju ! J'ai envie de me laisser porter sans me poser de questions, et crois-moi, ça fait du bien !

- Ah oui, je le sais.

- Et toi, toujours très amoureuse d'Alex ?

- Plus que jamais.

Trois semaines plus tard, Julie aidait son amie à déménager.

- Ouf, dernier carton se réjouit Sophie en le posant sur le sol de sa nouvelle maison.

Elle s'affala sur le canapé, ferma les yeux. C'était presque trop, trop de bonheur d'un coup pour qu'elle n'ose y croire. Pour bien faire, il faudrait tout racheter, mettre du neuf partout et jeter tous ces cartons qui contiennent notre passé. Les souvenirs c'est beau, mais ça tient trop de place. Ils sont si bien rangés, emballés, ces souvenirs, dans des cartons si bien scotchés, pourquoi les déballer ? Des cartons, encore des cartons, se lamentait Sophie. À l'intérieur d'eux, des bouts de mon existence, des traces de ma vie d'avant ici, d'avant maintenant…

Tout était allé si vite. Elle avait fini par ne plus croire à l'amour et c'est à cet instant qu'il était arrivé. Son homme, comme elle l'appelait, avait tout pris, le package complet, elle et ses filles et leurs trois chats. Et lui, seul depuis neuf ans, voyait sa vie basculer du jour au lendemain, basculer dans le bonheur.

Yvette se rendait de moins en moins souvent au café et quand elle venait, elle portait une main à sa bouche pour étouffer sa peine et murmurait « je n'arrive pas à y croire… », ou bien « je ne m'y fais pas que voulez-vous ? Je ne m'y fais pas du tout ! » Et elle éclatait en sanglots.

Les autres venaient au *café des gens heureux* comme avant, excepté Michel. Personne n'avait de ses nouvelles depuis plusieurs semaines.

Un matin, Alex s'apprêtait à ouvrir le café quand il découvrit un corps enroulé dans une couverture au pied du café. Un clochard avait élu domicile en plein milieu de l'entrée du café. Alex se pencha et le secoua doucement pour le réveiller.

- Monsieur ? Monsieur vous m'entendez ?

L'homme grommela quelque chose d'inaudible, il semblait saoul.

- Monsieur, il faut vous réveiller, vous êtes couché devant mon café et je ne peux pas entrer, vous comprenez ? Vous voulez que j'appelle des secours ?

Le clochard se découvrit et essaya de se lever. Sous sa barbe, Alex crut reconnaître Michel, mais il hésita quelques instants.

- Michel ? demanda-t-il, hésitant.

- Quoi ?

- C'est bien toi Michel ?

- Ouais, c'est moi.

- Mais qu'est-ce qu'il t'est arrivé ? Qu'est-ce que tu fais là Michel ? Je croyais que ça s'était arrangé pour toi ! Allez viens avec moi, je vais t'offrir un bon café chaud et tu vas me raconter tout ça.

Michel raconta sa descente aux enfers. Il avait perdu son logement qu'il ne pouvait plus payer. Il n'avait pas revu ses enfants ou plutôt ces derniers avaient refusé de le revoir ce qui l'avait poussé à s'enfoncer encore davantage dans l'alcool et petit à petit, tout son argent servait à acheter des bouteilles, il ne restait plus rien pour le loyer. Il dormait dehors depuis trois semaines. Alex lui proposa une chambre qui se trouvait juste au-dessus du bar.

- Michel, je veux bien t'aider, mais il faut me promettre que tu vas arrêter de boire.

- Ouais d'accord, mais j'ai peur de ne pas y arriver.

- Il faut te faire accompagner.

Michel fut pris en charge par un médecin qui l'envoya en cure de désintoxication pendant un mois. À sa sortie, Michel était méconnaissable. Il avait pris conscience qu'il se détruisait et s'il voulait revoir ses enfants, il lui fallait changer. Il retrouva un travail, d'abord en intérim. Et puis on lui proposa un poste de réceptionniste dans un hôtel et il l'accepta. Grâce à cet emploi, il put retrouver un nouveau logement. Il lui restait encore une étape à franchir, convaincre ses enfants de renouer avec lui. Il mit quelques semaines à retrouver leur trace, car ils avaient déménagé. Son fils vivait dans la région bordelaise, sa fille était partie dans l'est de la France. Il se rendit chez son fils. Il appuya sur la sonnette avec une certaine anxiété.

Pour la première fois depuis des années, Michel passa Noël avec ses enfants et c'était un bonheur incomparable.

Il continua à venir au café des gens heureux pour raconter sa nouvelle vie à Alex.

- Sans toi, je n'y serai jamais arrivé, confia Michel.

Il regarda le portrait de Jacky face à lui et s'adressant toujours à Alex dit :

- Et je suis sûr que lui aussi de là-haut il m'a donné un coup de pouce !

- J'en suis sûr aussi !

Après deux mois de rééducation, Zacharie pouvait enfin sortir de l'hôpital. Pour sa sortie, Julien avait voulu lui offrir une surprise de taille. Il emmena Zacharie à la mer, l'enfant en rêvait depuis si longtemps. L'automne s'était déjà bien installé, mais le soleil était au rendez-vous ce dimanche-là. Julie avait tenu à les accompagner. Zacharie devait rentrer chez lui au Bénin dès le lendemain. Cette dernière journée était donc empreinte de nostalgie, de bonheur et de tristesse.

Julie et Julien s'étaient assis sur le sable froid et humide et regardaient Zacharie rire et danser autour des vagues. Ses pieds nus écrasaient l'écume. Il défiait les vagues de lui mouiller les mollets, revenait sur le sable qui prenait la couleur du café au lait et repartait aussi vite embrasser l'océan. Voir ainsi Zacharie rire, danser, sauter, courir, revivre enfin, gonflait le cœur de Julien. Zacharie tenait son cerf-volant et Julien l'aidait à le redresser. Ils s'emmêlaient les ficelles et ça faisait rire Zacharie.

La séparation allait être douloureuse après tant de complicité et d'amour partagés. Julie les observait du coin de l'œil et voyait bien leur attachement mutuel.

Pourtant, le lendemain Zacharie parut heureux à l'idée de retrouver son oncle et sa tante ainsi que ses cousins. Ses racines étaient là- bas au Bénin. Ici, il n'avait pas de repères. Ce n'est qu'au moment de se séparer que l'enfant réalisa qu'il ne reverrait peut-être jamais Julien. Il se mit à sangloter en se frottant les yeux. Alors Julien le prit doucement dans ses bras et lui promit de venir le voir très vite, là-bas chez lui. Ils ne se quittaient pas pour toujours, ils avaient encore tant à partager lui disait Julien. Zacharie partit avec l'hôtesse de l'air, laissant Julien seul derrière la vitre qui les séparait désormais. Il regarda Zacharie disparaître peu à peu jusqu'à ce qu'il ne soit plus qu'un point invisible. Julien retraversa l'aéroport en sens inverse d'un pas lent, s'essuyant les joues d'un revers de manche. Était-ce idiot de pleurer pour un gamin qui n'était pas le sien ? Après tout, Zacharie finirait bien par l'oublier, non ? Au fond, il connaissait fort bien la réponse, mais n'osait se l'avouer. Oui, il aimait ce gamin et ce gamin l'aimait aussi. Oui c'était possible de s'attacher à un enfant au point de vouloir qu'il soit le sien pour lui donner tout l'amour dont il a besoin. Non, il ne renonçait pas à l'aimer.

Julie se dirigea vers l'accueil de l'hôpital d'un pas pressé. Sa mère avait été emmenée une heure plus tôt par les pompiers. Elle traversa des couloirs interminables, se cogna à des chariots qui portaient déjà le repas du soir tandis que la pendule indiquait dix-huit heures. L'odeur de la soupe lui donna la nausée. Elle prit un ascenseur, suivit des flèches, traversa d'autres couloirs et arriva à la chambre quatre cent douze. Elle trouva sa mère consciente, mais de très mauvaise humeur. Elle était tombée dans l'escalier, s'était retrouvée en bas des marches et n'était pas parvenue à se relever. Elle était restée ainsi pendant des heures. Par chance, la voisine qui lui rendait visite tous les jours, avait fini par entrer dans la maison inquiète de ne pas avoir de réponse à ses appels et l'avait trouvée ainsi allongée sur le carrelage. Elle avait eu très peur sur le moment et avait appelé les pompiers.

- Heureusement que je l'ai cette Madame Muller, personne ne vient me voir ! Et si je compte sur toi, je vais pouvoir attendre un moment !

- Maman, tu sais bien que je ne peux pas venir tous les jours ! ...

Mais sa mère ne répondait pas.

Elle avait beaucoup d'hématomes et la cheville cassée. D'autres examens étaient prévus et les médecins voulaient la garder en observation.

- Il faut que tu me ramènes quelques affaires, dit-elle à Julie.

Une chemise de nuit, des vêtements propres, une trousse de toilette. Il faut demander à Madame Muller si elle veut bien s'occuper de mes chats en attendant mon retour. Il faut lui dire de ne pas les laisser sortir tu m'entends ?

- Oh, ça ne leur fera pas de mal !

- Non, je te dis de ne pas les laisser sortir !

- Oui maman.

Julie s'exécuta. Au fond, cela l'arrangeait bien de ne pas rester plus longtemps avec sa mère, elle évitait ainsi d'entendre ses incessants reproches.

Julie sonna chez Madame Muller. C'était une femme de soixante-dix ans, très dynamique et très coquette.

- Bonjour Madame, je suis la fille de Nicole, je viens récupérer les clefs.

162

- Ah bonjour. Entrez mademoiselle, je vous en prie.

- Merci madame.

- Alors, comment va votre maman ?

- Ça va, ça va. Plus de peur que de mal finalement ! Enfin elle a tout de même la cheville dans le plâtre …

- Oh la pauvre ! J'ai eu peur vous savez en la voyant comme ça allongée sur le sol ! (Elle porta la main devant sa bouche.) J'ai cru qu'elle était morte, vous savez !

- Ah oui, je comprends.

- Oh et puis qu'est-ce qu'elle est gentille votre maman !

- Ah oui ?

- Ben oui, vous la connaissez mieux que moi, vous le savez bien qu'elle est gentille ! Et des gens gentils, vous savez, il n'y en a pas beaucoup ! Votre mère, elle a le cœur sur la main.

- Ça dépend avec qui…

- Ah bon ? Ça par exemple. Elle n'est pas gentille avec vous ?

- Pas trop, non.

- Ça par exemple…, répétait-elle d'un air songeur et contrarié par cette découverte.

En tout cas, elle aime les animaux tout comme moi !

- À ce propos, elle m'a chargée de vous demander si vous pouviez vous en occuper un peu, juste le temps qu'elle reste à l'hôpital, c'est l'histoire de deux ou trois jours tout au plus !

- Oui, bien entendu ! Qu'elle ne s'inquiète pas, dites-lui que je m'en occuperai bien de ses chats.

- Je le lui dirai. Merci encore Madame Muller pour tout.

- Il n'y a pas de quoi. Et passez-lui le bonjour à votre maman.

- Je n'y manquerai pas.

Julie se retrouva seule dans cette maison et les chats se manifestaient bruyamment. Elle les nourrit puis débloqua la chatière que sa mère avait condamnée pour les laisser sortir, elle eut l'impression de libérer des prisonniers. Elle prit quelques affaires de sa mère, trouva un sac de voyage et les glissa dedans. Elle reprit la direction de l'hôpital. C'était le jour où elle devait rendre visite aux enfants malades. Elle promit à sa mère de revenir le soir et elle sortit de la chambre. Elle changea de bâtiment et passa devant différents services de l'hôpital. Elle croisa le Docteur Avril dans les couloirs. Il demanda comme souvent des nouvelles de la mère de Julie et elle lui annonça qu'elle se trouvait à l'hôpital après une chute dans l'escalier. Il prit un air ennuyé, il posa sa main sur le bras de Julie pour lui souhaiter du courage et il assura qu'il passerait la voir dès que possible.

Il frappa à la chambre quatre cent douze puis entra. Elle le reconnut immédiatement et fut surprise de le voir.

- J'ai croisé Julie, dit François en prenant la main de Nicole.

- C'est gentil d'être venu réussit-elle à articuler.

- Comment te sens-tu ?

- Ça va... ça fait longtemps que je ne t'ai pas vu...

- Oui, ça fait longtemps...

- Et toi, comment vas-tu ?

- Bien, ça va bien.

- Tu exerces toujours alors ?

- Oui, tu vois ! Je ne peux pas m'arrêter ! Et toi, que fais-tu ?

- Moi ? Rien. J'attends... La vie ne m'a pas épargnée. Je me retrouve seule.

- Mais tu as Julie quand même !

- Oh tu penses ! Elle s'en fiche bien pas mal de sa mère !

- Ne dis pas ça. Ce n'est pas vrai. Julie s'occupe de toi et c'est une fille remarquable. Elle s'occupe beaucoup des autres, elle a beaucoup d'amour à donner Julie.

- Pas à sa mère en tout cas !

- Je crois que tu es injuste avec elle. Tu devrais réfléchir à ce que je te dis. Julie t'aime et n'a peut-être pas reçu suffisamment d'amour de ta part. Oh je ne te juge pas ! Tu es restée dans ta souffrance et tu n'as pas vu celle de Julie. Elle souffre encore de ton manque d'amour. Elle ne mérite pas ça, crois-moi.

- Je me sens fatiguée, je pense que je vais dormir un peu si tu veux bien...

- Oui, bien sûr. Je te laisse. Il déposa un baiser sur son front.

Prends soin de toi et aussi de ta fille, ajouta-t-il.

Et si elle n'ouvrait pas la porte ? se demandait Estelle. Elle n'eut pas le temps d'aller plus loin dans ses questionnements, Julie ouvrit sa porte après deux coups de sonnette.

- Oui ? interrogea Julie en voyant la jeune femme.

Estelle s'agrippait à son sac à main, en serrait l'anse comme si elle pouvait lui donner du courage.

- Bonjour, je suis Estelle.

- Bonjour. On se connaît ?

- À vrai dire, non. Enfin moi je te connais… Je suis ta sœur.

Les mots eurent beaucoup de mal à sortir de la gorge de Julie, trop serrés qu'ils étaient pour se dénouer. Elle finit cependant par articuler :

- Pardon ?

- Je sais, c'est un peu brutal comme présentation, mais je ne savais pas comment… Enfin, ça fait des mois que je prépare tout ça et … Je ne m'attendais pas à ce que ça se passe comme ça…

- Qu'est-ce que je suis censée dire ?

- Je ne sais pas… Je me doute que tu n'as jamais eu envie de me voir puisque tu n'as jamais fait la démarche.

- C'est exact !

- Moi par contre, j'ai toujours voulu te connaître.

- Pourquoi ?

- Parce que j'avais besoin de voir à quoi ressemble ma sœur.

- Demi-sœur ! Juste demi-sœur ! C'est pas pareil.

- Je n'aime pas dire demi-sœur. On est sœurs un point c'est tout !

- Non ce n'est pas tout. On dit demi-sœur quand on n'a qu'un parent en commun. En ce qui nous concerne, nous avons notre père en commun, mais pour moi, il n'est plus mon père depuis longtemps. Tu l'as donc pour toi toute seule.

- Contrairement à ce que tu penses, papa t'aime très fort, il ne t'a jamais oubliée…

- Contrairement à ce que tu te permets d'affirmer, mon père ne m'a jamais aimée et n'a jamais cherché à me revoir après son départ ou si peu… Il n'a pas insisté quand je n'ai plus voulu le voir parce que je n'aimais pas la femme qu'il avait choisie, je pense que ma décision l'arrangeait bien. Bref, que ma vaut l'honneur de ta visite ? Qu'es-tu venue chercher en sonnant à ma porte ?

- Ton pardon.

- Mon pardon ?

- Oui. Tu es dans la rancœur, je peux comprendre. Mais aujourd'hui, papa a besoin de toi…

- Allons bon ! Et en quoi puis-je lui être utile ? C'est un peu tard non il me semble pour s'apercevoir qu'il a une autre fille. Il était là quand j'avais besoin de lui ? Non, il était avec toi, avec ta mère, près d'autres que nous qu'il a lâchement abandonnées.

- Ce n'est pas si simple et ce n'est pas réellement ainsi que les choses se sont passées.

- Vraiment ?

- Oui. Peut-on discuter tranquillement, quelque part ?

- Il y a un café au coin de la rue, allons-y.

C'est naturellement au café des gens heureux que Julie se sentait le mieux pour affronter n'importe quel problème. Elle dévisagea cette fille aux cheveux blonds qui s'était assise en face d'elle et qui avait sonné chez elle quelques minutes auparavant en prétendant qu'elle était sa sœur. Non vraiment, elles ne se ressemblaient pas du tout.

Et qu'est-ce qui lui prouvait qu'elle disait vrai d'abord ? Avec ses airs mielleux et niais elle devait certainement cacher quelque chose de pas très catholique pensa Julie au moment où Estelle commanda un thé et demanda à Julie ce qu'elle souhaitait boire.

Alex les avait vues entrer, mais il avait immédiatement perçu chez Julie sa tête des mauvais jours.

- Alors ? enchaîna Julie. Quel est le but de ta visite aujourd'hui ?

- Papa est malade.

Julie marqua un temps d'arrêt puis poursuivit froidement.

- Et ?

- Et je voudrais que tu ailles le voir à l'hôpital avant qu'il ne soit trop tard…

- Tu me fais le coup du père mourant qui s'aperçoit qu'il a une fille et qui la réclame ?

- Non. Papa ignore tout de ma visite. Mais je sais qu'il aimerait te voir.

Elle leva un sourcil.

- Qu'est-ce qu'il a exactement ?

- Un cancer, aux deux poumons. Il est en phase terminale, ça s'est généralisé en très peu de temps.

- Pourquoi tu as attendu pour venir ? Pourquoi maintenant ?

- Je ne pensais pas que ça irait aussi vite. Ça s'est dégradé en quelques jours. Il est hospitalisé depuis trois jours.

Julie se taisait, réfléchissait. Sa fierté lui ordonnait de ne pas bouger. Et puis elle se leva brusquement, écoutant ce que son cœur lui dictait.

- Conduis-moi auprès de lui, demanda-t-elle à Estelle.

Elle traversa les murs blancs de l'hôpital. Les couloirs s'étiraient et étaient rongés par les maux, habités par des âmes flottantes qui avaient oublié de s'envoler. La douleur était perceptible sur le visage de cet homme qui attendait, assis sur une chaise de plastique blanc, que le médecin, les deux mains dans les poches de sa blouse trop grande lui annonce la sinistre vérité.

Elle ralentit le pas, car la peur l'envahit. Elle entra enfin dans la chambre. Ils étaient déjà tous là, mais elle ne les reconnaissait pas, elle ne savait pas qui ils étaient. Ils s'étaient écartés pour lui laisser la place près de lui. C'était un drôle de rendez-vous que son père lui avait donné et elle était maintenant soulagée de ne pas être arrivée trop tard.

Même le ciel avait mis son habit du dimanche et s'était paré de blanc.

Elle aurait voulu arrêter les aiguilles du temps à ce moment-là, éteindre les étoiles, changer le sens du vent s'il lui avait permis de le ramener vers elle.

Elle aurait voulu éloigner le soleil, faire tomber la pluie et faire taire leurs mots inconsolables.

Il ouvrit lentement les yeux en sentant sa présence.

- Tu es là …, chuchota-t-il. Puis il referma les yeux. Il l'avait attendue.

Julie lui prit la main et ses larmes coulèrent. Leurs mains se reconnaissaient et leurs cœurs sans un mot de plus se parlaient.

Et puis, sa respiration se fit plus lente. Sa poitrine se soulevait puis retombait. Julie revit cet oisillon qu'elle avait recueilli lorsqu'elle avait neuf ans et qui agonisait dans sa petite main. Sa poitrine aussi s'était soulevée de la même manière, son cœur ralentissait pour bientôt s'arrêter.

Julie sortit de la chambre en fin d'après-midi. Elle longeait les murs recouverts de crépi laiteux et se retenait à eux. Son teint était semblable à ces murs qui la soutenaient. Le froid lui scellait les lèvres, le vent lui gelait le cou. Le ciel gris de fer pleurait sa peine.

Son père était mort un dimanche en hiver.

Estelle avait supplié Julie de rester encore avec elle, mais Julie avait refusé. Estelle rattrapa Julie alors qu'elle avait franchi le portail de l'hôpital.

- Attends.

- Qu'est-ce qu'il y a encore ?

- Je ne t'ai pas tout dit.

- C'est-à-dire ?

- Il faut que tu saches que moi aussi j'ai été malheureuse. Il faut que tu arrêtes de penser que je t'ai pris ton père, c'est faux.

Papa a connu ma mère quand il était marié avec la tienne. Ma mère est tombée enceinte et quand je suis née, papa était toujours avec vous. Les années ont passé, j'ai grandi avec un père peu présent. Ma mère me disait que papa voyageait beaucoup pour son travail et je la croyais, car à chaque fois qu'il rentrait il me ramenait des cadeaux. Je devais avoir six ans, je me souviens que je guettais les phares des voitures depuis la fenêtre de ma chambre. Je comptais un, deux, trois, faîtes que la quatrième voiture soit celle de mon père. Je priais encore pour qu'il arrive, je restais assise devant la fenêtre, le soir, tandis que ma mère me croyait endormie, moi j'avais rouvert les volets sans bruit et dans mon pyjama, mes jambes tremblaient de froid, je les ramenais sur moi pour ne pas que mes pieds nus touchent le sol glacé et j'attendais en vain, en priant toujours. Si la prochaine voiture tourne à gauche, alors c'est mon père, je me répétais. Mais ce n'était jamais lui. Ce n'est qu'à partir de mes huit ans que notre père s'est installé définitivement chez nous. Je n'ai compris bien sûr que plus tard qu'il était partagé entre ses deux familles.

- Il a fini par choisir, coupa Julie.

- Mais il a toujours parlé de toi. Il disait que tu ne voulais plus le voir et cela le rendait malheureux. Il m'a raconté pour Arthur aussi…

- C'était vrai, je ne voulais plus le voir.

- Ce que je veux te dire, c'est que tu n'as pas été la seule à souffrir, tu n'as pas été la seule à ignorer la vérité. Et je pense qu'on se ressemble plus que tu ne le penses.

- Je crois que j'ai eu ma dose pour aujourd'hui, ne m'en veux pas, mais j'ai vraiment envie d'être seule maintenant. À plus tard.

- A plus tard Julie.

Estelle ne put s'empêcher de serrer Julie dans ses bras, elle avait tant d'amour à lui offrir. Julie lui ôta ses bras.

- Désolée, je ne suis pas prête, dit sèchement Julie.

- J'attendrais. Je t'ai attendue si longtemps, je peux bien attendre encore un peu.

Julie luttait encore contre elle-même. Décidément, cette fille qui l'agaçait avec sa sensiblerie la touchait en plein cœur désormais. Elle n'arrivait pas à la détester. Elle ressentait sa peine, la partageait, la touchait du bout des doigts. Comme elle lui semblait fragile cette petite jeune femme avec ses grands yeux bleus. Elle l'imaginait cette petite fille maigre, dont les cheveux longs et blonds retombaient sur son pyjama rose.

Elle pouvait la voir, assise sur sa chaise en paille devant la fenêtre de sa chambre, seule, dans l'obscurité, attendant son père, leur père. Elle se reconnaissait en elle. Alors, elle hésita d'abord, puis revint sur ses pas et enveloppa sa sœur de ses bras pour la serrer très fort contre elle.

*

Julien rangea le billet d'avion dans la poche avant droite de son blouson. Il téléphona à Julie depuis la salle d'embarquement.

Elle avait éteint son téléphone. Julien hésita puis il lui laissa un message sur son répondeur.

Salut, c'est moi. Écoute, je t'appelle parce que je pars, je m'envole pour le Bénin tout à l'heure. Je voulais te dire au revoir, en fait je me suis décidé ce matin... J'ai envie d'être auprès de Zacharie. Je ne sais pas encore combien de temps je vais rester là-bas. Je ne peux pas non plus me passer de la musique, tu le sais ! De toi non plus, je ne peux pas me passer… (Il avait dit cette phrase sur un ton plus bas, telle une confidence, un aveu.)

Mais je sais bien que notre amour est impossible alors je me fais une raison. Et puis, ton cœur est déjà pris … Donne-moi de tes nouvelles. Je t'embrasse autant que je t'aime. À bientôt.

Julie prit connaissance du message de Julien dans la soirée. Elle ne fut pas vraiment surprise par cette décision. Elle regrettait à demi de ne pas avoir pu lui dire au revoir, mais si elle l'avait fait, elle aurait sans doute eu beaucoup de mal à le laisser partir. Finalement, c'était mieux ainsi. On peut aimer quelqu'un et le laisser partir.

Julie considéra un instant la porte d'entrée de l'appartement qu'elle partageait avec Alex. C'était chez eux, c'était leur foyer. Il l'attendait. Quand elle entra, elle avait encore les yeux cernés et rougis qui attestaient d'un chagrin mal essoré. Elle lui raconta l'hôpital, les derniers instants auprès de son père. Ses phrases étaient courtes, directes et sèches. Elle ne voulait pas enrober de sucre cet ultime rendez-vous entre son père et elle, encore moins s'apitoyer sur son propre sort, mais elle était bien obligée de se rendre à l'évidence. Elle sentait sa poitrine se serrer, son cœur lourd, gonflé de douleur se dilater, prêt à exploser. Elle n'avait pas voulu qu'Alex l'accompagne, elle préférait affronter seule, ça se passait entre son père et elle, il ne fallait pas de tierce personne. Elle marqua des pauses, soupira, inspira, expira, ferma les yeux et relata avec un air détaché sa rencontre avec Estelle, comme un fait divers. Puis elle se ravisa et changea de ton. Elle avait perdu son père, elle avait gagné une sœur. Certes, la balance ne s'équilibrait pas pour autant, mais c'était un peu de lui qu'il restait alors. Comme c'était étrange cette sensation que les choses arrivaient dans le désordre. Et puis elle ne s'attarda pas sur le départ précipité de Julien, elle en dit juste trois mots :

« Il est parti. »

Alex ne lui posa pas de questions, la laissa se confier timidement. Pour toujours ? Avait-il cependant envie de demander. Mais il n'en fit rien. Était-il nécessaire de mettre des nuances à ce beau paysage qui se profilait ?

Alex était assis sur le canapé et Julie avait posé sa tête sur les genoux d'Alex qui lui caressait les cheveux. Ce qui restait à venir, c'était l'inconnu, l'improbable qui deviendrait possible, c'était de l'inédit, de l'essence de bonheur.

- Tu m'aimeras encore quand je serai vieille ? demanda Julie, inquiète.

Alex avait une voix chaude et rassurante.

- Je serai plus vieux que toi !
- Et si je deviens laide ?
- Mes yeux te couvriront d'or et de lumière.
- Et si un jour, je ne peux plus marcher ?
- Je deviendrai tes jambes.
- Et si je tombe malade ?
- Je te soignerai.
- Et si un jour, je deviens aveugle ?
- Je te guiderai.
- Et si je deviens sourde ?
- Nos lèvres se parleront.
- Et si un matin, l'amour que tu as pour moi te quitte ?
- Je le rattraperai.

Julien regardait les nuages blancs cotonneux à travers la vitre. Il avait peu dormi la veille, mais le sommeil ne voulait toujours pas de lui. Sa main soutenait sa tête douloureuse, un bras à demi replié contre le hublot. Il ne regrettait pas sa décision, mais il se reprochait de ne pas avoir dit au revoir à Julie autrement que par téléphone. Plongé dans ses pensées, il n'avait pas remarqué la jeune femme blonde qui venait de prendre place à côté de lui. Soudain, il sentit un liquide froid traverser son pantalon et lui mouiller la cuisse et entendit dans le même temps : « Oh, shit, sorry. I'm sorry ! ».

La jeune femme avait les joues en feu. Elle venait de lui renverser son thé glacé dessus. Cette maladresse fit sourire Julien.

- It's OK, don't worry ! répondit Julien en s'épongeant la cuisse avec la serviette en papier qu'elle lui tendait.
- Oh, vous êtes français ? , demanda la jeune femme dans un excellent français.
- Oui. Comment avez-vous deviné ? Ah, à mon accent pourri je parie ? !
- Non, non, pas du tout ! J'ai vu que vous lisiez en français, dit-elle en montrant le livre que Julien avait posé sur la tablette.
- Ah, OK.
- Vous allez où ?
- Au nord-ouest du Bénin. À Tanguiéta exactement.
- Depuis Cotonou ?

- Oui. Je dois faire neuf heures de bus pour y aller.

- Vous êtes courageux !

- Et vous ? Vous descendez à Istanbul ? (L'avion y faisait escale.)

- Non, je vais moi aussi jusqu'à Cotonou !

- Ah oui ?

- Oui.

- Et vous allez faire quoi là-bas ?

- Je vais enseigner dans un lycée français.

- Non ? !

- Si ! Pourquoi, ça vous paraît fou ?

- Non, c'est que... je suis parti faire du bénévolat là-bas y'a quelques mois. Je faisais du soutien scolaire dans une école et puis je jouais de la musique aussi, je leur enseignais un peu de musique. Je suis musicien.

- Really ? Good ! Et vous vivez là-bas alors maintenant ?

- Non, je vis entre New York et Bordeaux, mais j'ai décidé de retrouver quelqu'un que j'ai laissé et qui me manque... C'est une longue histoire !

- Ah... Une amoureuse ? demanda-t-elle en riant.

- Non. Un enfant qui s'est attaché à moi et auquel je me suis attaché aussi !

- Oh... Il sait que vous arrivez alors ?

- Non je lui fais la surprise !

- Il va être drôlement content !

- Oui je pense.

- Et vous restez combien de temps ?

- Je sais pas encore. Ça dépendra...

- Ça dépend de quoi ?

- De ce que je trouverai là-bas. Et vous, vous restez combien de temps ?

- J'y suis pour deux ans.

- On risque se revoir alors ?

- Y a des chances, oui, assura-t-elle.

- Au fait, je m'appelle Julien, dit-il en lui tendant la main.

- Nice to meet you Julien. I'm Wendy, répondit-elle en serrant la main de Julien.

-Wendy ?

- Yes, Wendy !

- Nice to meet you Wendy ! Et vous, vous allez retrouver quelqu'un là-bas ?

- Non, je pars seule et personne ne m'attend là-bas ! Pour tout vous dire, je viens de me séparer de mon ami…

- Ah, pardon. Je ne voulais pas être indiscret, répondit Julien, embarrassé.

- Oh non, ne vous inquiétez pas !

Elle insistait sur les voyelles en dodelinant de la tête.

Cette fille était incroyablement jolie. Maladroite, mais jolie, pensait Julien. Elle posait des lunettes énormes sur son nez pour regarder à travers le hublot, comme si elle s'attendait à voir apparaître quelque chose d'extraordinaire, en précisant à Julien qu'elle était myope. Elle se penchait sur Julien en essayant de coller son front à la vitre. Ces verres disproportionnés lui donnaient un air un peu farfelu et s'accordaient bien avec sa tenue vestimentaire. Elle portait une jupe rose fushia avec un tee-shirt bleu indigo. De temps en temps, elle tirait un peu sur sa jupe comme pour l'allonger. Ses jambes nues étaient très pâles, fines et longues. Julien observait du coin de l'oeil ses mouvements et ne pouvait s'empêcher de sourire. Il lui proposa gentiment de prendre sa place.

- Ça ne vous dérange pas ? demanda-t-elle.

- Non pas du tout. Je vais essayer de dormir un peu…

- Alors, je vous rendrai votre place quand vous aurez fini de dormir !

- Si vous voulez.

Ils échangèrent leurs sièges pour quelques heures. À son réveil, la jeune femme avait disparu. Il pensa alors qu'il avait rêvé et reprit sa place. Quelques minutes plus tard, Wendy revint s'asseoir.

- Vous avez bien dormi ? demanda-t-elle.

- Oui, merci.

- Vous avez ronflé !

- Ah bon ? Désolé.

La jeune femme riait. Elle était d'un naturel déconcertant.

- Vous devriez aller vous rafraîchir un peu !

- Ah bon ? Pourquoi, je pue ? demanda Julien interloqué.

- Ah non pas du tout ! C'est pas ce que je voulais dire. Et elle se remit à rire comme une enfant avant de reprendre.

- Mais vous avez une marque là… dit-elle en lui dessinant avec son doigt un trait sur le visage. Avec un peu d'eau, ça va partir.

Julien lui offrit un sourire pour toute réponse et s'exécuta.

Le voyage arrivait à sa fin. Ils partiraient chacun de leur côté. Julien tendit sa main à Wendy.

- Ce fut très agréable Wendy de voyager avec vous !

- Merci, répondit la jeune femme. Pour moi aussi ce fut agréable…

- Bon, ben si jamais vous ne savez pas quoi faire de vos week-ends… Vous pouvez toujours venir à Tanguiéta…

- Oui, j'y penserai !

- Enfin, si vous n'avez pas peur de faire neuf heures de bus !

- OK, si vraiment je m'ennuie alors !

Julien vit Wendy qui attendait encore sa valise quand il s'apprêtait à sortir de l'aéroport. Il la voyait gesticuler puis se calmer, les mains sur les hanches en faisant la moue. Sa valise n'arrivait toujours pas tandis que tous les voyageurs avaient récupéré la leur.

Il ne connaîtrait pas la suite des aventures de la jeune femme. Le bus à destination de Tanguiéta était là. Il s'apprêtait à monter quand il sentit une main sur son épaule.

- Wendy ?

- Oh, je sais, c'est un peu fou, mais je me disais… Enfin, si tu veux m'appeler…

Et elle lui tendit un mouchoir en papier sur lequel elle avait griffonné son numéro de téléphone et disparut sans se retourner. Elle avait subitement remplacé le vous par le tu.

Julien mit le mouchoir dans sa poche de pantalon. Bien sûr qu'il l'appellerait, il aurait voulu la rattraper pour la rassurer et au lieu de courir vers elle, il était resté bouche bée sur la marche du bus, les yeux emplis de surprise et de joie qu'elle n'avait pas perçues.

Le voyage en bus fut épuisant, le bonheur de retrouver Zacharie immense. Au moment où Julien voulut appeler Wendy, il ne retrouva pas le mouchoir en papier. Pendant le trajet, il était tombé de sa poche et les voyageurs avaient piétiné sur les chiffres noirs salis par leurs pas. Le mouchoir n'était plus qu'une boule froissée crasseuse. Il se traita de tous les noms avant de se raisonner et de se soumettre à la fatalité.

Le samedi après-midi, Julien jouait au football avec Zacharie et d'autres enfants.

Ce samedi-là, à l'heure où la lumière du soleil prenait un air d'automne, un bus blanc à rayures jaunes s'arrêta près de leur terrain de jeu. Deux longues jambes pâles en sortirent. Julien s'interrompit un instant et regarda la jeune femme qui descendait du bus. Ses chaussures blanches touchèrent le sol couleur ocre. Vêtue d'un short en jean et d'un tee-shirt trop court rose bonbon, elle regardait au loin, la main en visière, cherchant assurément quelqu'un ou quelque chose. Elle ne portait pas ses lunettes. Julien se dirigea vers elle, le sourire aux lèvres. Quand enfin elle le vit, il était déjà collé à elle.

- Si tu ne veux pas me voir, je peux repartir, tu sais… balbutia-t-elle.

Elle n'eut pas le temps de finir sa phrase. Julien l'embrassa sous le regard amusé des enfants.

Le bus jaune repartit lentement, laissant derrière lui une épaisse poussière grise. Soudain, Wendy se détacha de Julien et s'exclama : « Ma valise ! J'ai oublié ma valise dans le bus ! ». Et elle se mit à courir derrière le bus en hurlant « Please, stop ! Please, don't go away ! ».

Mais le chauffeur n'entendait rien et le bus bientôt disparut. Julien lui demanda si elle était toujours comme ça.

- Comme ça ? Comment ? demanda Wendy.

- Si étourdie ! s'amusa Julien.

- Oui, se désola-t-elle.

- Au moins, je sais à quoi m'en tenir ! Allez, viens p'tite tête. Rassure-moi, quand on aura des enfants, tu ne les oublieras pas dans le bus ?

- Quoi, tu veux faire un baby déjà ? Mais on vient juste de se rencontrer !

- J'ai pas dit un, j'ai dit des !

- Oh my god ! se lamenta Wendy en se cachant le visage.

Ils se trouvaient maintenant au milieu de cette route brûlante, sous les reflets orangés des derniers rayons de soleil, les yeux débordants de promesses et d'amour. Et puis, ils furent pris d'un fou rire. Quelques jours plus tôt, ni l'un ni l'autre n'auraient imaginé une telle rencontre.

Table des matières

Dépôt légal septembre 2018

PGCOM Editions Route Inthatarteak 64480 Ustaritz